만주사변과 식민지 조선의 전쟁동원 2

조선인의 독행미담집(篤行美談集) 제2집

만주사변과 식민지 조선의 전쟁동원 2

조선인의 독행미담집(篤行美談集) 제2집

초판 인쇄　2016년 6월 17일
초판 발행　2016년 6월 24일

편　자　조선헌병대 사령부
역　자　편용우·류정훈
펴낸이　이대현
편　집　권분옥
펴낸곳　도서출판 역락
주　소　서울시 서초구 동광로 46길 6-6 문창빌딩 2층
전　화　02-3409-2060(편집부), 2058(영업부)
팩　스　02-3409-2059
등　록　1999년 4월 19일 제303-2002-000014호
이메일　youkrack@hanmail.net

정　가　21,000원
ISBN　979-11-5686-333-5 94830
　　　　979-11-5686-344-1(전2권)

이 저서는 2007년 정부(교육과학기술부)의 재원으로 한국연구재단의 지원을 받아
수행된 연구임(NRF-2007-362-A00019).

만주사변과
식민지 조선의 전쟁동원 2

조선헌병대 사령부 편
편용우·류정훈 역

朝鮮の人の
篤行美談集

조선인의 독행미담집 제2집

역락

역자 서문

　이 책의 원제는『조선인의 독행미담집(朝鮮の人の篤行美談集)』이다. 성실하고 바르며 인정이 넘치는 조선인의 미담을 모았다는 뜻이다. 하지만 가슴이 훈훈해지는 미담을 기대했다가는 낭패를 보기 쉽다. 생각건대 이 책에 실린 상당수의 이야기는 독자에게 즐거움보다 불쾌함을 선사할 것이다.

　이 책이 불쾌한 이유는 미담의 내용이 친일로 읽히기 때문이다. 왕년의 독립운동가가 전향해 벌이는 친일행각, 일본인의 온정에 감격해 끝끝내 보은하는 조선인, 병든 아내를 제쳐두고 일본군을 영접하는 남편. 이런 이야기가 미담으로 소개되고 있다. 책을 펴낸 조선헌병대 사령부의 입장에서는 미담이겠지만, 지금의 우리에게는 전혀 아름답지 않다. 물론 효행이나 지역사회 공헌과 같은 미담도 있지만 비교적 주목이 가는 것은 친일과 관련한 이야기일 것이다.

　4년 전에 일본인 대학생을 대상으로 한국의 친일파에 대한 강의를 한 적이 있다. 한국에서 친일파라는 단어가 단순히 일본과 가깝다는 의미를 넘어 역사적 맥락에서 민족반역자라는 함의를 지니고 있다는 점을 설명한 후, 친일파에 대한 부정이 일본에 대한 부정으로 이어지지 않는다는 점을 강조했다. 친일파에 대한 부정은 기회주의자에 대한 부정이지, 반일(反日)은 아니라는 뜻이었다. 한국 역사에 대한 이해를 돕고 그동안 쌓인 오해가 있다면 조금이나마 그 매듭을 풀어보자는 뜻에서 꾸민 수업이었다. 결과적으로 오해는 풀리지 않은 듯 했다. 학생들은 친일이라는 단어가 부정적인 맥락에서 쓰인다는 사실에만 집중하며, 왜 그렇게 한국은 일본을 싫어하냐는 질문만 거듭했다.

모쪼록 이 책을 읽는 독자들에게 또 다른 오해가 생기지 않기를 바랄 뿐이다.

2016년 6월

류 정 훈

머리말

성지(聖旨)를 봉체(奉體)하여 비상시국에 임하며
특히 조선 동포에게 바람

무릇 선을 권하며 악을 징하고 상벌을 명백히 함은 이 원래 왕도의 큰 본보기이며 정치문화의 주된 요점이다. 내가 지난번에 내선융화에 기반한 동양평화의 큰 정신에 따라 2천만 조선 동포 제군의 알려지지 않은 선행미담을 조선 곳곳의 각 부대에 명하여 열심히 모으게 하는 한편, 거의 쇠퇴하여 사라질 위기에 처한 독행(篤行)과 선사(善事)를 장려하며, 내지1)인의 조선동포에 대한 저급적인 우월감을 반성하게 해 동정과 존경으로 내선융화에 일조하여 메이지 천황 일한합병의 성지에 봉답하려는 염원에서 제 1집을 편찬2)하여 이를 내선 각 방면에 배포하였던 바, 그 반향은 의외의 좋은 결과로 이어져 어떤 이는 서면으로, 또 어떤 이는 직접 말을 전해와 생

---

1) 일제가 일본 본토를 지칭할 때 쓰던 말. 반대로 조선, 대만, 남양제도(南洋諸島)와 같은 식민지는 외지(外地)라는 용어로 호칭되었다.
2) 조선헌병대 사령부는 제 2집에 앞서 1933년 1월에 제 1집을 편찬했다. 자세한 내용은 본서 말미의 해제를 참조하기 바란다.

각했던 것 이상으로 감격했다고 해 스스로 기쁘게 생각하였다. 그뿐 아니라 일본과 조선 각 방면의 인사가 나의 염원에 공명하여 열과 성을 다해 지도편달과 응원을 보태주심에 심심한 감사를 표하는 바이다.

현재 우리 일본제국이 미증유의 비상시국에 조우하여 한시라도 마음을 놓을 수 없는 상황에 직면해 있음은 여기서 굳이 말을 보탤 필요가 없을 것이다. 지난 3월 27일에 천황께서 내리신 연맹탈퇴의 조서3)를 보니 그 한 구절에,

지금 연맹과 결별하고 제국의 소신에 따른다 할지라도 이것이 동아(東亞)에 치우쳐 우방과의 정의를 소홀히 하는 것은 당연히 아니다. 더욱더 국제사회에 신의를 두텁게 하고 전 세계에 대의를 현양(顯揚)하는 것은 밤낮으로 짐이 생각하는 바이다.

현재 세계 열국은 보기 드문 전 세계적 변란을 맞이했고 일본제국 또한 비상시국에 조우했으니, 실로 거국(擧國)하여 진장(振張)할 때이다. 너희 신민(臣民)은 짐의 뜻을 잘 헤아려, 문무대관은 서로 그 직분을 충실히 하며, 일반 백성은 각자 그 업무에 힘써야 한다. 서로 올바름에 기초한 중용의 자세로 협력하고 매진함으로써 이 세태에 대처해나가, 할아버지인 메이지 천황4)의 성스

---

3) 만주사변 이후 실태파악을 위해 국제연맹이 만주에 파견한 리튼 조사단은 일본의 군사행동이 정당하지 않았음을 명시하고 만주국이 괴뢰국가임을 인정하는 리튼 보고서를 작성했다. 그리고 리튼 보고서가 국제연맹에서 정식으로 채택되자 일본은 결국 1933년 3월 27일에 국제연맹을 탈퇴하게 된다. 당시 국제연맹에서 리튼 보고서 채택에 반대한 국가는 일본이 유일했다.

4) 메이지 천황(明治天皇, 1852년 11월 3일~1912년 7월 30일)은 왕정복고를 이루고 메

러운 뜻을 펼쳐 모든 인류의 복지에 공헌하도록 하라.

하고 말씀하셨다. 이미 우리 일본과 조선의 관계는 메이지 천황의 성지를 받들어 한 집안처럼 지낸 세월이 20여 년에 이르고, 만세에 변함없는 제휴를 통해 그 친화를 한층 긴밀히 했다. 신흥 만주국에 대해서는 가까이 접해 있는 제국 신민으로서 영광스런 상기(上記) 선언을 축복하고 천황폐하의 진지하고 성스러운 생각에 답하지 않으면 안 된다.

이에 내가 연맹탈퇴의 조서를 받들어, 만주사변 발생 후의 조선인들의 사상 및 언동을 사변 전의 그것과 비교 고찰해, 해당 사변이 조선 2천만 동포에게 이상효과를 파생해 온 사실에 대해 특별히 여기서 부언하고자 한다. 만주사변을 다른 시각에서 보면 그 원인 중 하나가 만주에 있는 조선인 동포의 안위에 있다는 점을 부정할 수 없을 것이다. 따라서 만주사변의 전개 및 종국에 있어서 조선인들에게는 일본을 신뢰할 것인가, 아니면 일본을 의지하기 힘든가 하는 일대 분기점이 되었다. 사변에 대해 평소 잘못된 인식을 가졌던 조선인들은 처음에 황군의 실력을 의심하고 일본의 경제 사정을 속단해 의구심을 품고 있었지만, 황군이 가는 곳마다 무혈 입성하고 만주의 동포들을 보호하는 데에 만전을 기하라는 조치가

───────

이지 유신을 단행한 일본의 제 122대 왕이다. 재위 45년 간 청일전쟁, 러일전쟁에서 승리하고 한국을 상세모 힙범하여 일본제국주의의 기틀을 닦는 데 일조했다. 당시에는 물론 지금까지도 일본국민의 절대적인 숭배를 받고 있는 일임이다.

나오자, 욱일승천(旭日昇天)의 승전가가 마침내 만주국을 밝혀주는 여명이 되었다. 나아가 국제연맹 탈퇴에 대해 지식인층 일부와 민족자결주의자, 공산주의자들은 머지않아 일본도 1차 세계대전 후의 독일처럼 무원고립의 궁지에 빠질 거라며 비관적인 생각을 가졌음에도 불구하고, 연맹탈퇴의 조서에서 밝힌 "더욱더 국제사회에 신의를 두텁게 하고 전 세계에 대의를 현양(顯揚)하는 것"에 이르러 국위가 신장되고 비상시국에 용케 여명기의 만주국을 원호(援護)해 만주에 있는 조선동포의 생활을 안정시켜 나가고 있는 점을 보고 자신을 돌이켜보게 되었다. 지금껏 일본에 대해 항상 민족적 편견을 품고 반항적 태도를 지녔던 이른바 독립사상가, 공산주의사상 등의 반일 사상가 등은 이 사변을 통해 마음을 바꿔 일거에 친일사상으로 전향했다. 그 실례는 부하 각 대대들이 조사해 보고한 것만 보아도 너무 많아 일일이 셀 수 없는 지경에 이르고 있다. 특히 조선 통치상의 암적인 존재였던 과격사상의 신봉자들도 일본의 실력에 경탄하고, 이제는 일본에 의지하고 일본을 믿어야 한다는 쪽으로 전향했다. 완강히 저항하던 그들의 지도자조차 스스로 막대한 국방헌금을 내고 국방의회에 참가했으며, 또한 형무소에 복역 중이던 공산주의자들의 태반이 사상전향의 맹세를 하는 등, 개과천선하는 이들이 적어도 수만 명에 이른다는 사실은 내선사상통제의 입장에서 봤을 때, 참으로 기뻐하지 않을 수 없는 바이다.

나는 지방시찰 때마다 일부러 조선인들과 접촉해 서로 흉금을 털어놓고 무릎을 맞대며 친하게 대화를 나누어 그들이 가진 생각을 듣고 내 의견을 기탄없이 이야기한다. 그중에는 내선융화의 측면에서 계발되어야 할 점이 적지 않았는데, 특히 내가 관심을 가질 수밖에 없었던 것이 조선동포 제군의 징병제도에 대한 희망이다. 다시 말해 조선인들로부터 "우리들도 똑같은 야마토(大和) 민족인데 어째서 제국 국민의 3대 의무 중 하나인 병역의무를 다하는 것이 불가능한 것인가?"라는 질문을 이구동성으로 받았다. 나아가 그런 질문을 하는 이유로서 "만주사변 때문에 제국의 군인이 만주 들판에서 신명을 받쳐 나라를 위해 분전하는데 어째서 조선 사람만이 군인으로 출동하지 못하는 것인가. 똑같이 폐하의 적자(赤子)인 조선동포로서는 심한 치욕이다. 하루라도 빨리 이 병역의 의무를 다하도록 해 달라."라고까지 극언하는 열렬한 애국자를 접하기도 했다. 조선동포 제군이 국가의 의무 관념에 입각해 열렬하게 애국지성(愛國至誠)을 피력하는 것은 백 가지 내선융화의 표어보다도 현실적이고 기쁘게 느껴지는 점이다.

하지만 이 조선의 징병제도 문제는 일한병합 이래 역대 위정자가 다들 고민해온 중대사안으로, 그 해결책에 대해서는 군부당국으로서도 심각하게 고려하고 있지만, 안타깝게도 지금 바로 일본에서와 같은 징병제도를 조선에서 시행하는 것은 매우 곤란한 사정이 있어 실행불가능한 문제이다. 이러한 사정을 내가 조선인들에게 설명하면 동포 제군은, 위급한 상황에 조선의 군인은 반기를 들고, 때로는 황군에 저항해 독립 반역을 꾀할 것이라고 조선인을 위험하게 보는 편견에 의한 것이냐고 반문하지만, 역대 위징지 및 군

당국은 결코 그러한 편견을 가지고 있지 않다. 국가 병역의무의 문제와 제국군인을 뽑는 문제는 개별적인 문제로, 현재 조선에 병역의 의무는 부과되고 있지 않지만 제국군인으로서 나아갈 길은 일본과 같이 조선에도 열려져 있다. 다시 말해 조선인들에게도 사관학교생도(장교생도), 유년학교생도, 공과학교생도, 육군비행학교생도, 육군통신학교생도 등에 지원하는 길이 열려 있으며, 현재 다수의 조선출신 현역 장교가 대위가 되고 소좌가 되어 근무하고 있다. 만약 일부 사람들이 말하듯이 국가 및 군사당국이 조선인들에 대해 혹시 모를 반기 반역 등의 기우(杞憂)를 지니고 있다면 조선인을 황군에서 중요한 위치에 있는 장교로 채용하는 일은 결코 없을 것이다.

본디 조선인들에게 병역을 부과하지 않은 것은, 그 민도(民度), 생활, 경제, 환경 등을 깊이 고려한 당국의 배려에서 나온 것이라는 사실을 잊어서는 안 된다.

현재 조선의 실상으로 미루어보건대 만일 조선의 적정 연령의 청년이 징집된다면 2년 혹은 3년 사이에 그 남겨진 가족들은 어떻게 생계를 꾸려나갈 수 있단 말인가. 내지처럼 이미 이 의무가 부과되어 온 역사가 있는 선진국이라 하더라도 한 집안의 경제 상황 속에서 한창 일할 장정에게 병역의 의무가 부과되는 것은 큰 고통이라고 하는 사람도 있다. 이러한 사정 때문에 오늘날에도 여전히 검사 때에 징병을 기피하려는 자가 전무하다고는 할 수 없다.

조선에 징병제도를 아직 실시하지 않는 것은, 앞서 서술한 바와 같이 당국의 조선인들에 대한 배려와 친절에서 나온 것이라는 점을 가슴 깊이 새겨두지 않으면 안 될 것이다.

　이와 더불어 생기는 중요한 문제는 일본과 조선의 언어가 다르다는 것이다. 언어가 다르면 군대 교육을 실시함에 있어 심각한 지장을 야기하기 쉽다는 점은 부정할 수 없는 사실로, 조선 장정 때문에 특별한 언어를 사용하고 특별한 교육을 실시하는 것은 도저히 불가능한 일이다. 혹자는 말하길 "그렇다면 국어를 완전히 이해하는 사람만을 징병하라."고 하지만 국가징병제는 국어가 통하는지 아닌지로 시행되는 편파적 편의주의로 행해질 문제가 아니다. 또한 국가 징병의 정신으로 보아도 이러한 차별적 방침은 절대로 용납될 수 없다. 조선의 청년 중에는 국어를 잘 하는 이가 상당수 있지만 그 대부분은 아직 미숙하다. 때문에 조선인들, 특히 청년 제군에게 국어의 보급을 도모하는 것은 일면 징병제도의 실시를 촉진시키는 데 도움이 된다고 나는 설명하고 있다.

　이와 같이 병역의 실과(實課)라고 하는 것은 조선인들이 사유하는 것과 같이 그리 간단한 것이 아니다. 하지만 군사당국으로서는 이러한 의무관념에 불타는 조선동포 제군의 희망에 발맞춰, 순차적으로 병역상의 내선공통을 기하기 위해 우선 조선에도 지원병 제도를 채용하자는 논의에 대해 연구했다. 우리 조선헌병대에서도 이 조사를 진행해 시기를 보아 적절한 때에 의견을 상부에 올리려 한다는 사실을 알아주었으면 한다.

　마지막으로 이 기회에 특별히 내가 충심(衷心)에서 부언하고자 하는 것은, 혹은 이것이 일종의 기우에 지나지 않을지도 모르지만,

현재의 비상시국에 임하여 조선인들이 시국을 마치 강 건너 불구경하듯 바라보고, 나는 관계하지 않겠다는 방관적 태도를 취하며, 조금의 반성도 없이 일본제국에 대해 만일 위험한 행동을 하는 일이 있다면, 제국 국민은 결코 이를 용서하지 않을 것이라는 점이다. 그뿐 아니라 제국국민의 의분(義憤)은 모여 단단한 철이 되고 혼은 호국의 귀(鬼)가 되어 조선 및 조선인들에 대해 어떠한 전변사태(轉變事態)를 야기할지 미처 헤아리기 힘들다는 사실을, 조선인들은 각오하지 않으면 안 된다. 이 기우와 반대로 2천만 동포제군이 항상 내선융화에 협력 일치하는 대일본제국 신민으로서 똑같이 국난에 임하여, 바다에 가면 물젖은 시체가 되고 산에 가면 풀 자란 시체가 되어5) 군국(君國)에 보답하고, 이해와 동정과 존경과 감사하는 마음으로 부지런히 힘써 게을리 하지 않고, 동포상애공존공영(同胞相愛共存共榮)의 한길로 매진해 단순한 내선융화라는 말만 앞세우고 행동이 무른 것이 아니라, 충분한 성의를 피력하여 실로 시대의 추세에 눈

---

5) '바다에 가면 물젖은 시체가 되고 산에 가면 풀자란 시체가 되어(海行かば水づく屍山行かば草むす屍となりて)'라는 부분은 일제의 군국주의를 대표하는 군가 「바다에 가면(海行かば)」의 일부분이다. 「바다에 가면」의 가사는 일본의 고대 시가집 『만요슈(万葉集)』에 실린 오토모노 야카모치(大伴家持)의 노래에서 왔다. 1937년 일제가 국민정신 총동원 강제주간을 제정했을 당시 테마곡으로 사용되었는데, 곡은 노부토키 기요시(信時潔)가 NHK의 청탁을 받아서 썼다. 이후 출정하는 병사를 환송하는 노래로 애용되었고, 일제가 패전할 때 까지 '제 2의 국가' '준국가'라는 칭호로 불리며 널리 애창되었다. 전체 가사는 다음과 같다.
바다에 가면 물젖은 시체가 되고(海行かば 水漬く屍)
산에 가면 풀자란 시체가 되어(山行かば 草生す屍)
천황폐하의 곁에서 죽을지니(大君の 辺にこそ死なめ)
뒤를 돌아보지 않으리(かへりみはせじ)

뜨고 어디까지나 일본제국 신민으로서의 절도를 지키고 거치와 언동에 무엇 하나 변함이 없는 내선일체의 성과를 보이는데 이른다면, 종래에 자칫 일어나기 쉬웠던 내지인의 조선동포 제군에 대한 감정의 소원함도 불식되고, 온갖 종류의 오해에서 생긴 모멸스런 언동, 저급한 우월관념도 제거되어, 원치 않더라도 내선화락(內鮮和樂), 이해포옹(理解抱擁)의 이상향이 실현되게 된다. 이렇게 부지불식간에 2천만 동포제군의 발로하는 진심이 내지인을 각성시킨다면 한 점 흐트러짐 없는 야마토(大和) 민족의 패권을 천하에 기리는 것이 가능한 것이다.

　이상에서 말한 바를 돌이켜 깊이 생각건대, 현재 일본제국은 건국 이래 미증유의 비상시국에 조우해 잠시라도 마음을 놓을 수 없고 거국군난(擧國國難)의 타개에 직면하고 있음은 재차 말을 보탤 필요가 없지만, 우리 조선 및 조선동포를 생각하는 마음은 내선을 하나로 하는 애국지성의 야마토다마시(大和魂)[6]로 이루어내야 한다. 그 현현발양(顯現發揚)의 호기(好機)를 바로 지금의 비상시 외에 다른 때에 구하는 것은 결코 불가능할 것이라 믿기 때문에 내선이 혼일융합(渾一融合)된 야마토다마시에 의해 와신상담(臥薪嘗膽)하여 미증유의 국난을 타개하여 만세에 변함없을 국가의 기초를 세우고, 내선무차별과 상근일가(桑槿一家)의 완성을 기약해야 할 것이다. 이렇게 해서 비로

---

6) 전근대까지는 중국을 비롯한 외국과 차별되는 일본민족 특유의 정신을 의미하는 단어로 쓰였지만, 제국주의 일본에서는 국가에 대한 희생적 정신과 일본정신의 우위성을 강조하는 의미로 사용되었다. 가미가제 특공대 등에서 알 수 있듯이, 어려운 현 상황을 타파하기 위한 돌격정신을 고무하기 위해 사용되는 경우가 많았다.

소 메이지 천황의 성지(聖旨)에 봉답(奉答)하고 성상폐하(聖上陛下)의 신금(宸襟)7)을 미루어 알게 된다고 확신해 평소 가지고 있던 소회를 늘어놓았다. 덧붙여 여기에 조선인들에게 독행장려의 자료가 되고, 한편으로는 내지인들이 진실로 조선인들을 이해하고 동정하는데 도움이 되는 책의 제 2집을 세상에 널리 펴낸다. 서로 함께 이 비상시국이 호전되기를 바라며 내선융화를 더욱 강조하고 철저히 해나가기를 간절히 바라마지 않는 바이다.

1933년 11월 3일
육군소장 이와사 로쿠로8)

---

7) 천황의 마음.

8) 이와사 로쿠로(岩佐綠郎, 1879~1938) 니가타현 출신으로 육군 소장으로 조선헌병대 사령관(1931), 관동군 헌병대사령관(1934), 제 23대 헌병사령관(1935)을 역임했다.

차례

용감!! 의열!! 간도에서 활약한 동포

1932년 여름 간도에는 각지에 드센 도적떼가 출몰해 관헌이 소홀한 틈을 타 약탈, 폭행, 방화 등 끊임없이 잔학한 마수를 뻗쳐 선량한 주민들을 도탄에 빠트렸다.

때문에 만주인 지주의 일부는 토지를 팔아버리고 산동성(山東省)으로 몸을 피했으며, 조선의 동포들은 수확을 목전에 두고 관헌의 손이 닿는 곳으로 피난할 수밖에 없는 비참한 상황이 되었다.

함경북도 무산에 있던 우리 수비대는 같은 해 4월 이후 이 도적떼를 토벌하여 동포의 위급을 구하고 치안을 유지하기 위해 여러 번 출동을 명받고 용맹하게 두만강을 건너 도적떼를 토벌했다.

이런 비상사태 중에 우리 조선 동포가 많은 미담을 남겼는데 그중 두셋을 빼내어 소개하면 다음과 같다.

• 간도 화룡군(和龍郡) 덕화사(德化社) 남평(南坪)

　박승벽(朴承璧)씨

　박씨는 평소부터 이웃 주민들에게 열혈애국지사로 존경을 받았으며, 그 지역의 조선인민회장이기도 했는데, 1932년 4월 7일 이후 수비대가 여러 번 강을 건너 갈 때마다 아무런 대가도 바라지 않고 스스로 동참했다. 그는 언제나 위험을 무릅쓰고 적진을 정탐했으며 군부대의 길잡이 역할을 하는 등, 그야말로 황군을 위해 일신을 바치고 희생했다.

　게다가 종군 중에 박씨의 아버지와 조카가 불행히도 도적떼의 손에 죽임을 당하는 일이 있었는데, 비장하게도

　"많은 동포들이 위급을 다투고 존망의 기로에 서 있는 지금, 사사로운 일을 돌아볼 틈이 없다."

고 말하며 눈물을 삼키고 주민들을 지도하고 독려하여 황군의 활동을 크게 도왔다.

• 간도 화룡현(和龍縣) 숭선사(崇善社) 혼동(涵洞)

　박공민(朴公珉) 씨

　1932년 9월 중순 수비대가 출동할 때, 대부분의 사람들은 이후에 있을 도적떼들의 보복이 두려워 황군의 길 안내를 하는 사람이 없었지만, 박씨는

　"수확을 목전에 두고 도적떼의 횡포에 고심하는 동포의 비통한 심정을 생각하면 내 일신의 곤란함 등을 생각할 여유가 없다."

고 말하며 과감히 나서 황군의 요구에 응했다. 그는 여러 번 위험을 무릅쓰고 적 상황의 정찰이나 길 안내를 도왔다.

- 간도 화룡현(和龍縣) 덕화사(德化社) 남평(南坪)

  김수극(金壽極) 씨

  장승직(張昇職) 씨

  이명왕(李明王) 씨

  현문창(玄文昌) 씨　　　이상 전사

  박시윤(朴時允) 씨

  최남섭(崔南燮) 씨

  최태익(崔泰益) 씨　　　이상 중상

1932년 7월 9일 이른 아침, 무장한 도적떼들은 남평을 덮쳐 물자를 약탈할 목적으로 우선 영사관 경찰분서를 습격해 포위하고는 맹렬한 사격을 가했다.

위의 7명은 이 사실을 알고는 각자 자신의 사랑스런 가족과 소중한 재산을 뒤로 한 채 곧바로 분서로 달려가 분서의 직원들을 도와 총을 들고 용감히 도적들과 싸웠다. 간신히 분서를 사수하여 곤경에서 벗어나기는 했지만, 안타깝게도 아직 앞길이 창창한 젊은이 4명이 명예롭게 전사했고 남은 3명 또한 중상을 입었으니, 실로 고귀한 희생이라 하지 않을 수 없다.

나라를 위해 자진해서 말먹이를 팔라고 주민을 설득한 노인

함경남도 풍산군(豊山郡) 안수면(安水面)
백상규(白尙奎) 씨

군인만 나라를 지키는 것이 아니다. 또한 국민의 일부 계급만이 나라를 지키는 것도 물론 아니다. 이름도 모르는 시골구석의 농부, 거친 바다에서 사는 어부, 심지어는 대도시에서 유랑하는 노동자에 이르기까지 전 국민 한 사람 한 사람이 모두 그 양어깨에 나라를 짊어지고 나아가는 거라고 자각했을 때야 말로 일본이라는 나라의 기초가 반석 위에 오르는 것이다.

이런 의미에서 백씨와 같은 사람은, 북쪽 깊은 산 속에 살면서도 의식이 깨친 고귀한 애국자라 할 수 있다.

백씨가 사는 함경남도 풍산군 지방은 국경과 가까운 산지대로 대단히 우수한 품질의 귀리가 생산되는 곳이다. 따라서 당국에서는 이 귀리를 매년 대량 구매해 말먹이로 써왔다.

올해도 풍산군 전체의 구매예정 수량은 3천만 관으로, 그중 안수면은 8만 관이 배정되어 있었다.

하지만 여러 가지 사정으로 일부 주민들 사이에 당국의 구매에 대한 불만의 목소리가 커졌고, 당국의 구매계획에 큰 차질이 빚어지기에 이르렀다.

관할 주둔지에서도 크게 염려하여 당국과 협력 하에 일반 주민들에게 국가의 비상상황을 설명하고 혹한의 만주 땅에서 신명을 다 바쳐 활약하는 일본군의 말먹이라는 점 등을 역설한 결과, 불만을 터트린 주민들도 점점 그 취지를 이해하게 되었다. 하지만 여전히 자발적으로 자신의 귀리를 팔려고 나서는 사람이 없어 당국에서는 대단히 애태우며 난처해하고 있었다.

이때 백씨가 결연히 떨치고 일어나 일반 주민들에게 이르기를,

"옛날에는 이런 경우에 보상도 없이 징발되었지만, 요즘에는 고맙게도 일반 시장가격 이상으로 비싸게 사주지 않는가. 불만 같은 것을 이야기할 때가 아니다. 내지에는 아들을 전장에 내보낸 집도 많다고 한다. 특히 상해에서는 3명의 병사가 폭탄을 안고 전사했다고 한다. 이에 비하면 귀리를 파는 것은 아무것도 아니다. 만일 먹을 것이 없다면 우리들은 풀이라도 먹으면서 참고 이겨내어 국가를 위해 맡은 바 소임을 다해야 한다."

라며 마을을 돌면서 열심히 설득해 충군애국의 뜻을 환기한 결과, 결국에는 다들 자발적으로 구매에 응하게 되었다.

왕년의 독립운동가,
일변하여 일본군을 위해 활약하다

만주국 길림성(吉林省) 장백부(長白府)
정갑선(鄭甲善) 씨

정씨는 조국부흥과 조선독립의 열정을 지닌 우국지사로 17세에 광정단에 투신한 이래 만주 광야를 종횡무진하며 활약하였다. 또한 때때로 조선 반도 내에 침입하여 함경남도 갑산군(甲山君) 함수(含水郡) 및 삼수군(三水郡) 영성리(嶺城里)의 경찰관 주재소를 습격하는 것을 시작으로, 7년에 걸쳐 다수의 항일활동을 지속해 왔다. 하지만 결국 체포되어 5년간의 옥중 생활을 마치자마자 돌연 마음을 바꾸어 자신의 과오를 뉘우치고 선량한 국민으로 살아가게 되었다.

악행을 일삼던 사람일수록 마음을 고치면 그만큼 선한 사람이 된다는 말이 있다. 진정 선량하고 충성스런 국민으로 3년간을 보낸 1932년 6월 6일, 우연히 한 일본군 부대가 강 건너 장백현으로 출동했다.

이 사실을 듣자마자 정씨는 보국의 시기가 왔다고 하면서 즉시 장백 파견대에 종군을 신청하고, 허가가 떨어지자마자 너무나 기쁜 마음으로 종군하여, 일찍이 체득했던 만주 지리에 대한 지식과 특기인 만주어 실력을 통해 정보수집에 특출한 수완을 발휘했다.

또한 장백현 14도구에서 있었던 전투에서는 스스로 전투에 참여했으며, 더구나 솔선하여 적진에 용맹스럽게 돌진해 몇 번이나 죽을 고비를 넘겼으니 그 공적이 실로 크다.

과오를 뉘우치고 바로잡는 것을 두려워하지 않는 정신의 위대함. 정씨 같은 사람이야말로 진정한 남자 중의 남자가 아닐까.

한 사람이 마을을 잘 지도해
모범적인 농촌을 세우다

함경북도 경흥군(慶興郡) 웅기읍(雄基邑) 용수동(龍水洞)
정형탁(鄭瀅鐸) 씨

정씨는 함경남도 영흥 출신으로 오랜 기간 각지에서 공무원으로
근무했는데, 근무능력이 뛰어나고 맡은 바 일에 최선을 다해 어디
서든 존경을 받았다.

그리고 1912년에 무사히 퇴직해 농업은 신성한 것이라며 현재
사는 곳에 자리를 잡고 스스로 농기구를 들어 착실하게 농사를 짓
기 시작했다.

세계대전 후의 호경기는 이런 시골에도 영향을 미쳐 실속 없고
경망한 벼락부자를 양산해, 젊은 사람이나 나이든 사람이나 도박과
술에 빠져 농기구를 내팽개쳤고 가업을 돌보는 자는 거의 없었다.

이 상황을 목격한 정씨는

"이거 큰일이다. 이대로 두었다가는 용수동이 자멸하고 만다. 이 한
몸 바쳐서라도 부락민을 미몽에서 각성하게 하지 않으면 안 된다."
라고 깊이 깨우친 바가 있어 여기저기 설득하고 다닌 끝에 마침내

그 지역 청년들 전원(23명)을 모아 용수동 공제회를 조직하고 스스로 회장이 되어 회원들을 지도했다. 봄에는 공동으로 밭을 경작하고 여름에는 산과 들에서 잡초를 모아 공동 비료를 만들고 가을에는 같이 농작물을 수확해 공제회의 기금으로 삼고 그 일부를 매각했다. 매년 이 작업을 부지런히 반복한 결과 모인 기금도 현재는 500원이 되었다.

정씨는 또한 좀처럼 보기 힘든 경로가(敬老家)였다. 청년들을 데리고 경로회를 조직해 청년을 선도하는 한편, 연말마다 노인들을 초대해 위안회(慰安會)를 벌이고 빈곤한 노인의 조세를 대납했으며, 구폐를 타파하여 흰 옷 대신 색깔 옷 입기를 장려했다.[9] 또한 결빙기에는 야경단을 조직하여 화재와 도난 예방에 힘쓰는 등, 이후 십수 년에 걸쳐 공공사업에 공헌한 바가 이루 헤아릴 수 없을 정도다.

이런 정씨 덕분에, 황폐했던 마을은 일양내복(一陽來復)이라는 말처럼 역경을 극복해 지금은 모범부락이 되었으며 조선 북부에서 훌륭한 마을로 인식되고 있다.

이 모든 것이 정씨 덕분이라며 마을 사람들이 정씨를 인자한 아버지와 같이 존경하였으니, 올 2월에 경흥군수가 정씨를 민간공로자로 표창한 것도 당연한 일이다.

---

9) 색깔 옷 입기는 일제가 1920년대 후반부터 1930년대 초반까지 진행한 캠페인이다. 당시 조선 총독부는 그 일환으로 '염색강습회' 행사를 전국 각 군을 순회하며 대대적으로 개최했다. 그 이유로는 여러 가지 설이 제기되고 있으며, 3·1운동 이후 백의가 조선인의 민족단합을 위한 상징물과 같은 역할을 하자 총독부가 이를 무산시키기 위해 더욱 적극적인 백의폐지 색의강려 정책을 구사했다는 주장도 있다. http://www.inews365.com/news/article.html?no=366639

각고의 노력으로
10년에 걸쳐 황무지를 개간하다

경기도 고양군(高陽郡) 신도면(神道面)
김종현(金鐘鉉) 씨

경성 교외에 우뚝 솟아 있는 북한산 기슭의 황무지 한 면을 혼자서 10년 동안 꾸준히 개간해 훌륭한 밭으로 만들어낸 인내력 강한 사람이 있다.

김씨가 바로 그 노력의 인물로, 46세 때부터 56세인 오늘날까지 한 면 전체가 암석으로 뒤덮인 이 황무지를 개간하였기에, 경박한 사상에 심취한 젊은이들에 대한 본보기로 삼고자 한다. 비웃는 주민들은 거들떠보지도 않은 채 비가 오나 바람이 부나 여가를 이용해 바위에 노력을 기울이기 어언 10년, 오늘날 마침내 1,200평의 밭을 훌륭히 개간해 인근 사람들을 깜짝 놀라게 했다.

경기도 당국에서는 농촌갱생의 소리가 높이 울려 퍼지던 시절이라, 이를 훌륭한 미담이라 여겨 가까운 시일 안에 표창을 수여하려는 절차를 밟고 있지만, 김씨는

"오는 봄에 밤나무라도 심어서 어렵고 가난한 사람들에게 나누

32

어 줍시다."
라고 말한다 하니, 더더욱 그 인품의 고상함이 드러난다 할 것이다.

정숙한 여인의 효행이
용케 시부모의 중병을 완치시키다

경상북도 영일군(迎日郡) 봉산면(峰山面) 대곡동(大谷洞)
이온(李溫) 씨(여)

이씨는 18세에 20세인 권씨와 결혼했지만, 불행히도 남편이 신혼 후 얼마 지나지 않아 병상에 누웠기에 그 후로 이씨는 정원에 제당을 짓고 백일 동안 매일 밤 간절히 기도를 올렸다. 그 마음이 하늘에 통한 것인지 남편은 사경에서 헤쳐 나와 점차 회복기에 들어섰지만, 3년 후에 다시 병세가 악화되어 이씨의 정절에도 불구하고 결국에는 불귀의 객이 되고 말았다.

그때 이씨는 비탄에 빠진 나머지 죽은 남편의 뒤를 따라 자살을 결행하려 했지만, 부모의 위로로 그런 생각을 멈추고 이후로는 시부모를 위한 효도에 힘썼다. 하지만 불행은 여전히 이씨의 주변을 맴도는지, 얼마 지나지 않아 시부모 또한 병을 앓아 몸져누웠고 목숨이 위급한 지경에 이르렀다.

건강한 이씨는 비바람이 불고 눈보라가 몰아쳐도 좋은 약을 구하기 위해 동분서주하였으며, 작년 11월경부터 올해 4월경까지는 아침 닭이 울기도 전에 기상해 시부모의 병이 쾌유하기를 간절히 기도했다.

이런 효행과 정절에 힘입어 시부모의 병은 하루가 다르게 쾌차하여 결국에는 완치되기에 이르렀다.

경상북도 지사는 이 소식을 듣고 이씨를 위해 영남명덕회 총재의 이름으로 식기 한 짝을 보내어 그 효행을 표창했다.

보은 11년, 감격의 시장 상인

경상북도 달성군(達城郡) 현풍면(玄風面) 신기동(新基洞)
거천시장(車川市場), 여의신(除義信) 씨 외 30명

1922년 봄의 일이었다. 거천시장이 교통이 편리한 현풍읍내로
이전하는 것이 결정되었다. 하지만 시장 관계자들은 극히 빈곤하여
이전 비용조차 댈 수 없는 형편으로, 만일 어떻게 해서든 이전해야
만 하는 상황이라면 사지에 내몰리게 되는 비참한 상태에 놓여 있
었다.

이러한 사정을 들은 대구부(大丘府) 원정(元町)의 가토 이치로(加藤一郞)
씨는 그 실정을 보고 깊이 동정하여 위에 기술한 여씨 외의 대표자
들과 함께 군수 및 도지사에게 이 비참한 상태에 대한 진정을 넣고
백방으로 대책을 강구한 결과 시장의 이전이 중지되었다.

이러한 이유로 시장 관계자 등은 가토 씨의 조선에 대한 사랑과
조선 사람들에게 베푼 온정에 깊이 감격하여 '이 큰 은혜는 평생
잊을 수 없다.'며 관계자 등이 모여서 궁리한 결과, 금 45원을 갹출
하여 대표자를 통해 가토 씨에게 사례로 증정하려고 했다. 그러자
가토 씨는

"나는 이런 사례를 받기 위해서 한 일이 아니다. 제군의 피와 땀으로 얻은 이 돈은 시장의 발전을 위해 사용하기 바란다."

라고 말하며 완고히 거절하기에 대표자들은 그렇다면 가토 씨의 기념비를 세우자며 몰래 건립 준비에 착수했다.

이 소식을 전해들은 가토 씨는, 그런 일은 전혀 자신의 의사에 반하는 것이라며 꼭 중지해달라며 거부했다. 그래서 시장 관계자들은 이를 시장 기금으로 해서 매년 12월 31일에는 반드시 닭 2마리, 계란 50개에 목록을 덧붙여 시장대표가 대구까지 먼 길을 일부러 가서 가토 씨에게 증정하고 '시장의 은인'이라고 마음에서 우러나는 감사의 뜻을 표하게 되었는데, 11년 동안 조금도 변함이 없었다. 시장관계자들은 지금도 여전히 당시의 감격을 잊지 않고 일본과 조선의 따뜻한 융화의 결실을 잇고 있다.

조선 사람들이 내지인(內地人)의 사소한 행위에 대해 이렇게도 오랫동안 잊지 않고 감사하는 마음을 지니고 있다는 사실은 그 어떤 내선융화(內鮮融和)의 이론보다도 귀중한 이야기이다.

불구의 몸으로 집안을 일으킨 시계공

함경남도 함흥부(咸興府) 군영(軍營) 거리
박예호(朴禮鎬) 씨

실직자의 소용돌이, 생활난의 도가니!! 세상은 불황의 구렁텅이
다. 당당히 대학을 나온 사람조차 취직을 못하고 큰돈을 들이고도
생활에 허덕이는 요즘, 세상에 다리가 온전치 못한 불구의 몸으로
태어나 분투와 노력 끝에 입신하여 집안을 일으키고 게으른 형을
깨우치게 하며 부모에게는 효행을 다하는 등, 실로 듣기만 해도 아
름다운 근로미담(勤勞美談)이 있다.

박씨는 어렸을 때 가난하고 궁핍한 아버지와 함께 떠돌아다니다
함흥에 이르렀다. 초라한 생활 형편 속에서도 간신히 보통학교에
들어가 집안일을 도우면서 학업에 힘썼다. 어린 마음에도 매일 이
어지는 가난에 느낀 바가 있어 가운(家運)을 만회하겠다고 굳게 다짐
하고, 학업과 동시에 당시 시계 수련공이었던 형에게서 시계수리
기술을 익혔다. 무서운 집중력으로 보통학교를 졸업할 즈음에는 제
법 제구실을 하는 시계수리공이 되어 있었다. 그 후로 시계수리로
근면노력하여 가계를 지탱하길 어언 5년, 게다가 어느 정도의 저금

도 생겼다.

그때 박씨는 거기서 생각했다.

"장래 크게 되기 위해서는 어떻게 해서든 전문학교에 들어가지 않으면 안 된다."

그리고 흘린 땀의 결실과도 같이 소중한 저금의 대부분을 인출한 후 상경해 도쿄시 세타가야(世田谷)에 있는 일본 시계공 학교에 입학해 한눈팔지 않고 3개월 간 열심히 공부한 후, 동료 선후배들을 제치고 최우수 성적으로 졸업했다.

학교에서는 박씨의 이런 장하고 씩씩한 마음과 우수한 기량에 보답하기 위해 특별히 교감 동행으로 교토 오사카 지방의 시계공장을 시찰하게끔 할 정도였다.

원하던 결과를 얻었기에 뛰는 가슴을 진정시키고 함흥에 돌아온 박씨는 군영 거리의 흥복사(興福寺) 앞에 만회당(萬回堂)이라는 간판을 걸었다.

그 기량의 우수함과 정직 제일이라는 모토는 금세 인정을 받아 흡사 순풍에 돛을 단 것처럼 발전해 현재는 3명의 견습공을 둘 정도로 성공했다.

이것만으로도 자신의 꿈을 이룬 미담이지만, 박씨는 자신의 성공만으로 만족하지 않고 게으른 형을 깨우치기 위해 오랜 기간 일본의 시계공장을 시찰하도록 한 다음, 형의 귀국을 기다려 자금을 대고는 독립시켰다. 또 놀고 있기는 미안하다는 부친을 위해 오백 원의 자금을 들여 곡물상을 경영토록 했는데, 그러자 이번에는 모친이 자신도 뭔가 일을 하고 싶다고 하기에 그 뒤편에 음식점을 개업하게 했다.

박씨의 근로(勤勞), 자립자영(自立自營)의 정신은 일가족 모두에게 직업을 주었고 떠돌아다니며 생활하던 시절을 회상하며 아버지, 어머니, 형은 다시 태어나는 마음으로 감사의 날을 보내고 있으니, 살아 있는 교훈으로 이야기가 전해지고 있다.

또한 박씨는 몸가짐을 엄히 했는데, 함흥 제일공립보통학교 졸업생 상호 수양회의 야간학교에서 5년간 공부해 그 회의 중견인물로 신뢰받았으며, 전등, 필지묵, 차 간담회의 회비 기부 등, 더할 나위 없이 극진한 봉사생활은 바야흐로 비겁하고 무능한 사람을 바로 서게 하는 바가 있었다.

인류애의 화신, 가난한 사람들의 구세주

경기도 고양군(高陽郡) 연희면(延禧面) 아현리(阿峴里)
대제원주(大濟院主) 서상윤(徐相潤) 씨

몸에는 더러운 누더기를 걸치고 조금밖에 되지 않는 짐을 든 채, 마을에서 마을로, 면에서 면으로 터벅터벅 걸어 다니면서 가난한 사람의 집을 찾아 아픈 사람이 있으면 가지고 있는 약을 주고는 친절히 그 치료법을 알려주며, 혹여 사례라며 돈을 건네는 사람이 있을 때는 몸소 그 돈을 우체국에 저금한 후, 그 통장을 주어 근검절약의 정신을 일러주는 60남짓의 노인이 있었다.

조선 곳곳에 그 족적이 닿지 않은 데가 없어, 비가 오나 눈이 오나 덥거나 춥거나 긴 세월 객지에서 고생하기를 어언 12년, 실로 사욕 없이 지위에 연연하지 않는 것이 사람인지 신인지 모를 정도로 성자(聖者)에 가까웠는데, 이게 바로 대제원주 서 상윤 씨의 모습이었다.

서씨는 28세 되던 해 관립(官立) 영어학교를 졸업하고 상해로 건너가 약 12년간 무역업에 종사하고, 40세 때 귀국해 잠시 대구에 자리를 잡았다.

그 후, 뭔가 세상을 위하고 사람을 위하는 일이 없을까하고 이리저리 궁리한 끝에, 처음에는 스스로 자본을 대어서 가난한 사람들에게 잡화행상을 시킨 다음 발생한 이익은 모두 그 사람들에게 나누어 주고, 또 한편으로는 한방약국을 열어서 가난한 사람에게는 무료로 약을 나누어 주었다.

잡화상 쪽 일은 1년 정도 지나 그만두고, 그 뒤로는 오로지 약방에 종사하면서 변함없이 가난한 사람들에게 무료로 약을 주고 있었는데, 나중에는 몸소 마을들을 돌면서 가난한 환자들을 돕게 되었다.

처음에는 상당했던 저금이 선천적으로 자비심이 깊어 계속해서 무료로 약을 나눠주는 탓에 현재는 거의 무일푼이 되고 말았다. 하지만 그런 것에는 전혀 괘념치 않은 채 마을에서 마을로 돌아다니고 있다.

그리고 사례라며 10전이나 20전 정도 되는 돈을 내는 사람이 있으면, 전부 그 사람 명의로 우체국에 저금해 돌려주고, 조금이라도 남는 돈이 생겼을 때는 저금할 것을 권하면서 돌아 다녔다. 그 뿐 아니라, 그 사람들이 조금이라도 시간을 낭비해서는 안 된다며 자신이 대신해서 우체국에 다녔다.

지금으로부터 3년 전의 일이지만 그때에 이미 위와 같이 대신해서 저금한 인원이 3천여 명에 육박했고 전체금액이 만원을 넘어섰기 때문에, 그 저금을 취급했던 대구 우체국에서는 그 덕행에 감명 받아 답례로 금일봉을 증정했다.

서씨가 가지고 다니던 약은 휴대에 편리한 한방의 환약에 분말약이 뿌려진 것으로 그 원료는 시골을 돌아다닐 때 스스로 채집한 것이라는데, 효과가 대단히 좋다는 평판이라 한번 갔던 곳에 다시 가면 마을 사람들이 모두 나와 환영해 주고, 또 앞 다투어 대접해 준다고 한다. 서씨도 이것만큼은 기쁘게 받아들이지만 여비라든가 약값은 절대로 받지 않았다.

61세가 된 지금까지도 서씨가 이런 덕행을 계속해나가고 있다는 말이 들리니, 실로 인류애의 화신, 신의 화신이 아닐까 하고 의심할 만하다.

국방의 위급함을 깨닫고
점심을 걸러 헌금하다

충청북도 괴산군(槐山郡) 사리면(沙梨面)
사방공사(砂防工事) 인부 746명

충청북도에서는 작년 말부터 궁핍한 이들에 대한 구제사업으로 괴산군 사리면에 사방공사를 실시했다. 이 공사에 종사하고 있던 746명의 조선인들은 시국의 영향으로 국방의 위급함을 자각하고는 국방 병기비 헌금에 대해 수시로 상의한 끝에, 일동 모두가 점심을 거르고 이로 인해 얻어지는 금액을 헌금하는 것에 합의했다. 이들은 격한 노동에 종사하면서도 이틀간 전원이 점심을 걸렀고 이로 인해 생긴 돈 75원 72전을 올해 3월 29일 제20사단 사령부 앞으로 헌금했다.

매일 격한 노동에 종사하는 자가 식사를 거른다는 게 말하기는 쉬워도 실천으로 옮기기 어려운 문제이다. 그럼에도 불구하고, 게다가 다들 신분이 낮고 가난한 사람들만이 모인 700여 명의 마음이 합해져, 이를 실행에 옮긴 노력은 미담으로 오래도록 기억되지 않으면 안 될 것이다.

야간 경계 중
공비를 만나 분투한 끝에 희생되다

함경북도 무산군(戊山郡) 영북면(永北面) 지초동(芝草洞)
김국현(金國賢) 씨·오상학(吳相蕩) 씨

김씨와 오씨는 올해 1월 3일 밤, 국경 경비에 일조한다는 향약(鄕約)에 따라 야간 경계 순찰에 복무하고 있었다.

향토를 위해 살을 에는 듯한 추위도 아랑곳하지 않고 얼어붙은 두만강을 지키고 있을 때, 갑자기 만주 방면에서 조선으로 침입해온 공비 여러 명과 마주쳤다.

두 사람은 맨손으로 응전했지만, 중과부적이었다. 김씨는 결국 적의 총탄이 가슴을 관통해 그 자리에서 죽음을 맞았다. 오씨는 동료의 복수를 한다는 생각에 맹렬한 기세로 분투했기에 공비들도 이 기세에 눌려 퇴각하기 시작했다. 이를 본 오씨는 그 즉시 도망치는 적을 뒤쫓아 달려들고는 그들이 소지하고 있던 총기를 빼앗아 아수라처럼 날뛰어 공비 두세 명에게 중상을 입혔지만, 숫자가 너무 많아 이끼기 못하고 결국 화룡현 덕화사 소동에서 죽음을 맞고 말았다.

두 사람은 평소부터 온화하고 성실한 성격으로 동네 주민들에게 신망이 두터웠다. 주민들은 이 장렬한 최후를 듣고 마을의 수호신이라며 존경하고 있다.

몰락한 집안을 일으켜 세우고
사회사업에 공헌한 청년

함경북도 경흥군(慶興郡) 경흥동(慶興洞)
오화룡(吳化龍) 씨

오씨는 큰 장사꾼의 집에서 태어나 유년기에는 아무런 부족함 없이 자랐다. 그러나 호사다마라고 했던가, 오씨가 상업학교 2학년에 재학 중이던 때 갑자기 아버지의 사업이 실패하여 파산선고를 받고는 일가가 비탄의 구렁텅이로 떨어지고 말았다.

오씨는 즉시 학업을 그만두고 귀향해 부모에게 효행을 다하고 형제자매를 양육함과 동시에 일가의 지주로서 몰락한 집안을 일으켜 세우려 했다.

그리고 1929년 봄에 이 지방에서 발달하기 시작했던 자동차 사업에 착안하고는 이 사업에 평생을 바쳐야겠다는 결심을 굳혔다. 이에 대한 양친의 양해를 얻어 그리운 고향을 뒤로하고 단신으로 경성에 갔다.

물론 이런 상태에서 학비가 충분할 리 없다. 피를 쏟는 노력의 결과로 겨우 자동차 운전수가 되어 더욱더 고군분투한 끝에 나침내 한 대의 자동차를 손에 얻고는 하늘을 나는 기분으로 1930년 12월에 고향으로 금의환향했다.

그리고 경흥과 아오지 사이를 다니는 승합자동차를 운영하며 한결같은 마음으로 사업에 힘썼다.

"일하는 자에게 근심이 없으며, 부지런한 부자는 하늘도 못 막는다."는 말처럼 오씨의 사업은 순조롭게 발전해 갔다. 더더욱 감탄스런 점은 오씨의 넘칠 듯한 공공정신인데, 생계가 풍족하지 못한 와중에도 자신이 운전하는 국도의 수리는 자신의 의무라며 자비로 매월 40원씩을 들여 인부 2명을 고용해 도로 수리에 노력했다. 때문에 날이 갈수록 도로가 개선되어 통행자에게 큰 편익이 주어졌다.

부근의 사람들이 오씨의 이런 덕행에 깊은 경의를 표하는 것도 지극히 당연한 이야기이다.

방종한 남편을 참회하게 하고
온힘을 다해 사경의 시어머니를 구하다

경상남도 합천군(陝川郡) 율곡면(栗谷面)
이씨의 처 고복임(高福任) 씨

고씨는 지금부터 35년 전, 이상기(李尙琪) 씨에게 시집을 갔다. 그런데 남편은 성정이 극히 방종한데다 주색에 탐닉한 탓에 일가의 생계는 매우 가난해서 마치 집안을 물로 씻은 듯이 가진 것이 아무것도 없었다.

게다가 시어머니는 1909년 이래 약 12년간 눈병으로 실명상태가 되는 등, 가정의 액운이 점점 더 심해졌으니 고씨의 고생은 정말 말로 표현하기 힘들 지경이었다.

하지만 고씨는 힘든 고생을 참고 견디며 가업에 힘쓰고 실명한 시어머니에게는 효행을 다했다. 어떻게 해서든 이 눈병을 고치고 싶다며 12년간을 매일처럼 밤에 목욕재계하고 신불(神佛)에게 기도한 결과, 신기하게도 1919년 4월에 시어머니의 눈병이 기적적으로 치유되었다.

이를 보고 감격한 남편은 이후로 마음을 고쳐 자신의 과오를 뉘우치고는 가업에 힘쓰게 되어 집안에 잠시 봄이 찾아왔다.

그런데 1923년에 시어머니가 재차 중병에 걸려 부부가 마음을 담아 극진히 간호한 보람도 없이 날이 갈수록 상태가 나빠져, 실로 절망적인 상황이 되고 말았다.

이때, 예부터 전해오는 전설을 믿는 고씨가 결연히 자신의 손가락을 잘라 거기서 흘러나오는 선혈을 시어머니의 입에 떨어트리자, 이 효녀의 진심이 통한 것인지, 다시 한 번 기적적으로 시어머니의 병이 나아 살아 돌아오게 되었다.

이 효행과 정절은 마을 사람들에게 상찬의 대상이 되었으며, 이씨 일가는 지금 행복한 나날을 즐기고 있다.

극빈 가정에서 병든 아버지를 간병하기 8년, 마침내 자신의 살을 도려내어 아버지에게 먹이다

경상남도 진주군(晋州郡) 태동면(泰洞面)
김동식(金東植) 씨

김씨 일가는 가난한 소작농이었다. 하지만 근면한 김씨는 날이 면 날마다 게으름 피우는 일 없이 열심히 일했고 평화로운 나날을 보내고 있었다.

그러던 1926년 2월, 불행히도 갑자기 아버지가 불치의 병에 걸렸다. 병세가 깊어 집안 형편은 점점 더 나빠졌고, 일가는 비탄의 소용돌이 속에 빠지고 말았다.

김씨는 그런 와중에도 가업에 힘쓰는 한편, 좋은 약을 구하며 밤 낮으로 간병을 게을리 하지 않았지만, 아버지의 병세는 날이 갈수록 나빠져 갔다.

사람들이 권한 약이란 약은 힘이 닿는 한 구해서 아버지에게 먹였으며, 뱀이 좋다는 말을 듣고는 뱀을 잡아서 복용하게 하는 등, 성심성의껏 간병을 이어나간 것이 어언 8년에 이르렀지만 그 정성이 조금도 변함이 없었다.

그러던 중, 아버지의 병세가 일시적으로 굉장히 좋아지기도 했지만, 작년 3월경부터 다시금 악화되어 결국 위독한 상태에 빠지고 말았다.

비탄에 빠진 김씨는 마지막 수단으로, 예로부터 인간의 살이 이 병에 효과가 좋다는 전설에 따라, 12월 초순 집안에 사람들이 없는 틈을 타 스스로 자신의 허벅지 살 약 20돈(錢)[10]을 도려내어 이를 건조시켜 아버지에게 먹였다.

이 일이 어느 사이엔가 일반 사람들에게 알려져 올해 3월에는 군수가 김씨를 효자로 표창했다.

---

10) 돈(錢)은 질량의 단위로 1돈은 약 3.75g이며, 10돈이 1냥이다. 20돈은 75g, 혹은 2냥이다. 원문에서는 몬메(匁)라는 단위를 쓰고 있는데, 몬메가 무게 단위로 쓰일 때는 우리의 돈과 그 쓰임이 같다.

20여 년 전의 은혜를 잊지 않고
유족에게 크게 보답한 덕망 높은 신사

충청북도 영동군(永同郡) 영동면(永同面) 계산리(稽山里)
손재하(孫在廈) 씨

손씨는 현재 약 30만원의 자산을 지니는 이 지역에서 손꼽히는 부호이다. 동시에 언제나 솔선수범하여 공공사업에 힘써 왔기에 일반인들에게 인격자라는 존경과 흠모를 받아 온 사람이다.

손씨는 항상 "내가 오늘날 이렇게 있는 것은 실로 마쓰다 시게토모(松田茂致) 씨의 높은 은혜를 받았기 때문이다."라고 말한다. 지금부터 25, 26년이나 이전에, 지금은 일본으로 돌아간 마쓰다 씨가 영동 우체소장으로 있던 시절에 받은 은혜를 추억하며 감사의 눈물에 목이 메인다고 하니, 보은의 뜻이 깊은 사람이다.

그리고 때가 주어지면 언젠가 일본에 있는 마쓰다 씨를 방문해 높은 은혜의 만분의 일이라도 보답하려고 생각하던 손씨였다. 하지만, 가업에 바빠 그 뜻을 이루지 못했는데 마침내 1927년 일본 시찰을 겸해서 규슈(九州)로 건너가게 되었다. 오랜만에 보는 은인의 모습을 그리워하며 뛰는 가슴을 진정시키고 마쓰다 씨가 있는 사가현(佐賀縣) 가와카미무라(川上村)를 방문했다.

사람 사는 세상이 덧없이 날로 변함은 실로 가늠키 어려우니, 마쓰다 씨는 이미 이 세상을 떠났고 그 가족은 재산을 잃고 궁핍한 처지에 놓여 있었다.

놀란 손씨는 우선 그 유족을 구제하기 위해 조선으로 건너갈 것을 권했지만 여러 사정으로 이에 응하지 않자, 하는 수 없이 위로를 건넨 뒤에 경제적인 원조를 약속하였다. 또 마쓰다 씨의 친족인 무네 시게오(宗茂雄)라는 청년을 동반해 우선 조선으로 돌아왔다.

조선으로 돌아온 뒤에는 무네 씨에게 자금을 주어 장사를 하게 했고, 이후 오늘날에 이르기까지 시종 변함없이 유족이나 무네 씨에 대해 정신적 위안과 재정적 원조를 주어 주변 사람들을 감동시켰다.

마지막으로 기억할 것은, 이후 손씨가 매년 1회 변함없이 사가현에 있는 마쓰다 씨의 묘에 참배하고 유족들을 방문했다는 것이다.

아!! 인정이 종이보다 얇아, 다른 이를 곤경에 빠트리고, 은혜를 원수로 갚는 자가 적지 않은 세상에 손씨의 이런 덕행과 보은은 경솔하고 부덕한 사람들이 많은 이 세상의 진정한 청량제이다.

분투노력해 집안을 일으키고
아버지의 마음을 바꾼 19세의 청년

함경북도 경원군(慶源郡) 안농면(安農面) 금희동(金熙洞)
서두성(徐斗星) 씨

서 군은 나이가 아직 스물도 되지 않은 청년이지만, 그 의지와 행동은 실로 옛 성현에도 뒤지지 않을 정도로 감탄스런 인물이다.

서 군의 가정은 조모, 부모 그리고 형제 3명의 7인 가족인데, 아버지는 방탕함에 빠져 매일 술을 마시고 돌아다니며 집에 있지 않으니, 일가의 생계는 오로지 서 군의 여린 손에 기댈 수밖에 없는 상황이 되었다. 집에는 조그마한 토지와 무너져 내릴 듯한 초가집 외에는 아무 것도 없어 매일 먹을 식량에도 곤란을 겪었고 빚은 쌓이고 쌓여 500원 가까이 되었다.

이런 와중에도 서 군은 전혀 비관하지 않고 재학 중에도 학교를 다녀온 여가시간에는 아침저녁으로 밭에 나가 풀과 섶나무를 베어 새끼줄을 만들어 일가의 생계를 도왔다.

보통학교 졸업 직전의 일이었다. 교장 선생님으로부터 졸업 후의 방침에 대해 질문을 받았을 때, 다른 학생늘은 상급학교도 신학

하거나 취직해서 월급받기를 희망하는 이가 대부분이었다. 하지만, 서 군만은 "저희 집은 제가 일하지 않으면 쓰러지고 맙니다. 저는 조상 대대로 내려오는 농업에 전력을 다해 집안을 일으키지 않으면 안 됩니다."라며 비장한 결심을 밝혀 선생님으로부터 칭찬받은 적이 있었다. 그리고 서 군이 실무 작업에서 보여준 진지함은 그 결심을 여실히 이야기해주고 있었다.

이리하여 작년 봄 졸업과 동시에 경원 보통학교 졸업생 훈련회원이 되어 소임을 다해 평소 바라던 훈련회 지도생에 지원했다.

이후 그의 활약은 실로 눈부신 것이었다. 머리에 별을 이고 집을 나와 달빛을 밟으며 집에 돌아갔으며, 또한 여가가 있을 때는 모교의 지도생과 함께 공동작업에 참여했는데, 그 활발하면서도 진지한 자세는 보는 사람을 감격감탄하게 했다.

그 해 5월 근처 밭에 좁쌀 350평, 대두 600평의 개량재배법을 실시해 정지작업부터 파종, 제초에 이르기까지 모두 혼자 힘으로 했으며, 밤낮으로 돌아다니며 비료를 주고 관리함에 게으름이 없어 예전보다 2배의 수확량 증가가 예상되었다. 이렇게 희망에 차 분투한 결과, 작년 같은 흉작에도 불구하고 가을에 좁쌀은 단당 1석 2두, 대두는 단당 7두 5승의 수확량을 올렸다.

그 외에 양계나 가마니, 새끼줄 꼬기 등의 부업은 물론 퇴비 제조 등에 있어서도 그 활약은 실로 조선농업의 혁신자다움을 느끼게 했다.

밤낮으로 몸을 가누지 못할 정도의 술을 마시며 방탕함에 끝을

달렸던 아버지도 자기 자식의 이런 활약상을 보고는 양심의 가책을 이기지 못했는지, 언제부턴가 술을 끊고 최근에는 주변 사람들도 놀랄 정도로 성실히 일하게 되었다. 서 군의 집안도 예전과 달리 화목함이 넘치는 가정이 되었다.

불구의 고아를 양육해 갱생시킨 농부

함경북도 온성군(穩城郡) 유포면(柔浦面) 남양동(南陽洞)
백학천(白學天) 씨

백씨는 어렸을 때부터 고생이란 고생은 다 해본 근면과 정직의 농부이다. 정확히 지금으로부터 9년 전, 마을 내에 사는 장애인 지 원룡(池元龍) 씨가 하늘같이 믿고 의지하던 부모를 잃고 고아가 되었다.

이를 본 백씨는 곧바로 지씨를 자기 집으로 들여 친절히 돌보았다. 백씨라고 해서 특별히 재산이 있는 것은 아니었다. 어떨 때는 좁쌀죽을 나눠 먹으며 주린 배를 달랜 적도 있었다고 한다. 그렇지만 지씨로서는 이를 얼마나 감사히 하며 기뻐했을 것인가.

두 사람에게 평화로운 나날이 흘러 1932년 9월이 되었다. 그 전에 지씨의 간절한 바람에 따라 죽은 지씨의 아버지가 남긴 유일한 재산 밭 400평을 당시 가격 20원 내외로 백씨 명의로 등기 이전했다. 철도 개통으로 지가가 폭등한 덕분에 백씨는 그 토지를 1,200원에 매각하고는 지씨에게

"평생 같이 살 생각이었지만 언제까지나 다른 이의 집에 있는 것도 필시 불편할 테지요. 그 밭을 매각한 대금 1,200원이 여기 있으

니 이것을 가지고 가정을 꾸리시오."

라며 토지 매각 대금을 남김없이 건네었다. 지씨는 뚝뚝 눈물을 흘리며

"제가 오늘날까지 목숨을 부지하고 있는 것은 그야말로 당신 덕분입니다. 이 밭은 이미 당신 소유가 된 것이니 제가 돈을 받을 수는 없습니다."

라고 말했다. 서로 입씨름을 벌였지만 결국에는 백씨가 지씨를 설득해 독립시키고 훌륭한 아내를 맞이하게 했다.

지씨는 현재 백씨를 하늘과 같이 경모하고 있으며, 자본금 1,200원을 가지고 부부가 서로 도우며 행복하게 조그만 사업을 운영하고 있다.

이렇게 살아가기 힘든 세상에서 듣는 것만으로도 기쁜 미담이 아니겠는가.

와병중인 아내를 다른 곳에 옮기고
자원해서 자신의 집에 일본군을 재우다

간도(間島) 화룡현(和龍縣) 덕화사(德化社) 남평(南坪)
최필윤(崔弼倫) 씨

　　최씨는 평소부터 책임감이 강해 고향 사람들의 신뢰가 두터웠기 때문에 조선인민회 서기로 선출되었는데, 함경북도 무산에 있는 일본군 수비대가 두만강을 건너 만주로 출동해 그 지역에 숙영하게 되자 스스로 앞장서 부대에 대한 환영, 숙사 분담과 준비 등으로 동분서주했다. 마침 자신의 집에는 와병중인 아내가 있었지만 개의치 않고

　　"국가와 동포를 위한다면 응당 사사로운 일에 매달려서는 안 된다."

며 일부러 병든 아내를 다른 곳으로 옮기고 일본군을 자신의 집에 묵게 했다.

　　군부대 입장에서 이런 행위가 감격스러운 것은 물론이고, 주변 사람들도 그 덕행을 칭찬하고 있다.

일사봉공(一死奉公)!!
압록강변의 귀신이 된 조선 청년

평안북도 위원군(渭原郡) 서태면(西泰面) 이산동(梨山洞)
박순팔(朴順八) 씨

작년 8월 15일, 장학량(張學良)[11]의 주구인 동변군 민중자위군은 압록강변에서 일본군에 무참히 패해 내지로 도망쳤는데, 이후 전투 태세를 정비해 강변으로의 진출을 계획하는 한편 강변에 이주해 살고 있는 동포에 대한 박해를 감행하며 잃어버린 땅을 탈환하려는 계책을 꾸미고 있었다.

일본군은 내지에 있는 적을 어떻게 정탐할지 고심하고 있었는데, 위험을 무릅쓰고 적지에 침입할 첩자가 없어 몹시 난감한 상황이었다.

---

11) 중국 군인이자 정치가로 중국어 발음은 장쉐량. 1898년 6월 4일 중국 군벌로 친일 성향을 지닌 장쭤린(張作霖)의 장남으로 태어났다. 하지만 1928년 6월 7일 아버지 장쭤린이 일제 관동군 소속의 고모토 다이사쿠(河本大作)에 의해 폭사하는 사건이 발생했고 이후 장쉐량은 항일 성향의 봉계 군벌을 이끌었다. 또한 일본의 중국 침략에 대항하기 위해 장제스를 구금하는 시안사변을 일으켜 공산당과 내전을 종식하고 일본과 싸우기를 요구했고 이것으로 중국 공산당과 국민당 사이에 제2차 국공합작이 이루어졌다.

이를 들은 박씨는 자신이 다행히도 일본어, 조선어, 중국어를 잘 아니 동포를 위해 일사봉공할 때라며 큰 결심을 하고 이 중대임무를 맡겠다며 용감히 지원했다.

그리고는 성냥, 작업화를 파는 행상인으로 변장하고 야음을 틈타 압록강을 건너 집안현(輯安縣) 쌍차하(双岔河) 일대의 적 정탐을 위해 떠났다.

8월 17일에 압록강변에서 약 3리 떨어진 내지의 부유가(富有街)에 이르렀고, 다음날인 18일에는 부근의 수수밭에 몸을 숨기고 때를 보던 중, 불행히도 대도회비(大刀會匪)[12]에게 발각되어 결국 납치되었다.

일본군의 열렬한 구출작업에도 불구하고 결국 8월 26일 집안현 6구 8왕묘에서 자위군 52사단 소속 대도회비에 의해 살해되어 압록강변의 호국의 귀신이 되고 말았다.

---

12) 남만주에서 활동하던 군단으로 홍창회비(紅槍會匪)라고도 한다. 1932년 9월 15일 에는 무순의 탄광에서 방화와 함께 일본인 5명을 살해한, 일명 무순습격사건을 일 으키기도 했다. 이에 대한 복수로 일본군은 9월 16일에 평정산(平頂山)에서 중국인 부락민 다수를 학살했는데, 이를 '평정산 사건' 혹은 '핑딩산 사건'이라 부른다. 희생자에 대해서는 3000명이 넘는다는 설과 200에서 400명 정도라는 설이 있다.

빛나는 사회봉사, 고갯길 제설작업 24년

경기도 고양군(高陽郡) 신도면(神道面) 입천리(立川里)
민성호(閔聖鎬) 씨

민씨는 3세에 어머니를 8세에 아버지를 여읜 천애 고아로, 친척의 손에 의해 어렵게 성인이 된 기구한 운명의 소유자이다.

불행한 사람일수록 다른 이의 어려움을 잘 알고 이를 동정하는 법이다. 민씨가 19세 때, 고향마을에서 경성으로 나가는 고갯길이 때마침 내린 폭설로 다니지 못하게 되자,

"어떻게 해서든 이 고개를 넘어야만 하는 사정이 있는 사람은 얼마나 곤란할까."

라고 청년의 순수한 마음으로 걱정하기 시작해, 애가 탄 나머지 바로 그 고갯길의 제설작업을 시작해 교통의 편의를 도모했다.

그 후로 22세가 된 오늘까지, 고갯길에 눈이 내리면 언제든 혼자 힘으로 제설작업을 한 게 어언 24년이 됐다. 세상을 위해 타인을 위해 일했을 뿐 아니라, 한편으로는 성실한 농민으로 부근의 존경을 받았다고 하니, 이를 빌어 나부(懦夫)[13]의 본보기로 삼기에 충분하지 않은가.

일본 국민의 수치와
보통학교 생도분열식 예행연습

충청남도 대전 공립 보통학교
상급생도 약 510명

대전 공립 보통학교 생도에게 이런 순수한 행동이 있었다.

올해, 보병 제 80연대 제3대대의 군기제(軍旗祭)14)가 시행되기 전의 일이었다. 위 보통학교의 상급생도는 당일 분열식에 참가하도록 통지가 있었는데, 생도들은 이를 흔치 않은 영광이라 여기고 들떠 기뻐했다. 그리고 담당 선생님에게

"천황 폐하의 깃발 앞에서 행해지는 영광스런 분열식이 소학교 생도들의 그것보다 못하다는 말이 들리면 일본국민으로서 수치이니 군기제 전날까지 방과 후에 분열식의 예행연습을 할 수 있게 해

---

13) 겁쟁이 혹은 비겁한 남자를 일컫는 말.

14) 일제 육군의 보병과 기병 연대에서 군기를 하사받은 기념일에 벌인 행사. 군기는 보통 욱일승천기를 말하며, 매년 정해진 날짜에 시행되었다. 군기제는 장병들의 사기 진작과 함께 지역 주민들에 대한 홍보효과도 있었다. 군기제 당일에는 행사 가 일반인들에게 공개되어 총기 등을 전시하고 분열식을 시행했으며, 병사들이 변 장이나 여장을 하고 연극을 무대에 올리기도 하는 등, 현재 일본의 중고교에서 시 행되는 각 학교의 문화제(文化祭)와도 유사한 모습을 보였다.

주십시오."

라고 건의해, 그 다음날부터 10일간 방과 후 매일 분열식의 예행연습에 전념했다. 또한 군기제 전날에는 일부러 제 3대대를 방문해 그 연병장에서 엄숙한 예행연습을 시행했다.

그 눈물겨운 노력 덕분에 당일 분열식에서 당당히 분열 행동을 마쳤는데, 가지런하고 질서 있는 행동이 군대 및 일반 참가자들을 감탄시켰다고 한다.

효자 세 명이 힘을 합쳐
빈가(貧家)의 갱생을 꾀하다

함경남도 안변군(安邊郡) 안도면(安道面) 가평리(柯坪里)
김기준(金基淳) 씨

김씨는 논 1,500평을 소작하면서 막노동에도 종사해 겨우겨우 생계를 이어가는 가난한 농부였다. 그런데 수년간 농촌이 심각한 불황의 영향을 받아 아무리 노력해도 6인 가족의 생활을 꾸려나갈 수 없게 되었다. 아무리 일해도 빚은 늘어만 갔고, 결국 50여원의 부채를 짊어지게 되어 그 이자를 갚기 위해 생활은 점점 곤궁에 빠졌다.

이 모습을 본 장남 명인(明仁, 16살) 군, 차남 병인(炳仁, 12살) 군, 삼남 영인(永仁, 6살) 군 세 명은 1931년 봄부터 서로 힘을 모아 가마니를 짜기 시작했다. 매일 이른 아침부터 늦은 밤까지 어린 소년이 손가락에 피가 맺히도록 열심히 가마니를 짜는 모습은 실로 애처롭기 그지없었다. 특히 삼남 영인 군이 귀여운 손으로 새끼를 꼬는 모습은 눈물 없이는 볼 수 없을 정도로 가련했다.

마음을 하나로 합쳤을 때의 힘은 무서울 정도였다. 특히 형제들이 힘을 모아 노력했기에 매일 6장에서 7장 정도의 가마니를 짤 수 있게 되었고, 하루에 30전에서 35전 정도의 이익을 취하게 되었다.

한편 아버지는 소작농을 하다, 남는 시간에는 가마니의 원료가 되는 짚을 사들이거나, 5일마다 안변(安邊)이나 원산(元山)에 가서 가마니를 팔고, 또한 남대천(南大川)의 하천 공사에서 인부로 일했다. 이처럼 가족이 한 마음으로 열심히 일을 한 결과 최근에는 마침내 가세를 만회하여 부채를 전부 변제하고, 곡식 가격 급등을 예상하여 약간의 벼를 저장해 둘 정도가 되어, 빛나는 감격의 나날을 보내고 있었다.

도경찰부장은 이 독행(篤行)을 치하하고, 생산 자금의 일부로 금일봉을 보내었다. 이에 마을사람들 모두가 부락의 명예로 여겨 매우 기뻐했다. 이 마을의 구장(區長)은 자신이 소유하고 있던 한 대에 12원하는 발로 밟아 가마니 짜는 기계를 4원에 이 가족에게 팔았다. 또한 이 소식을 전해들은 원산의 가마니 중개업자 오협림(吳協林), 장수천(張洙天)은 그러한 효자가 만든 제품으로 이윤을 챙기는 것은 마음이 아프다고 여겨, 이 가족 제품에 한해서는 1장에 8전하는 것을 9전에 사들였다. 이처럼 각 방면에서 큰 동정을 모으는 것도 당연하다.

20년 전의 은혜를 잊지 않고
내지인(內地人) 노파를 구하다

인천 화정(花町) 1-24
김치선(金致善) 씨

1, 2년 전부터 김씨는 70 정도 되는 내지인 노파를 집에 모시고, 가족 모두가 정중한 보호를 하고 있었다. 이웃들 모두 이상하게 생각하고 있었는데, 최근에 이는 김씨의 눈물어린 보은이었다는 사실이 알려져 일대에 소문이 자자해졌다.

이 노파는 사노 다키(佐野たき, 67세)라는 사람으로, 지금부터 2, 30년 전에는 인천에서 유명한 유예(遊藝) 스승이었다. 마침 20년 전쯤 김씨는 가족 7명을 데리고 시골에서 인천으로 올라와 항구 건설 인부로 일했는데, 적은 임금으로는 7명의 입에 풀칠을 할 수도 없어서, 매우 어려움을 겪고 있었다.

이 당시 김씨의 곤궁함을 동정한 것이 바로 다키 씨였다. 다키 씨는 김씨 아내를 고용해 이것저것 금품을 주어 이 일가를 도왔다.

이후 20년이 지나고 세상일은 유위전변(有爲轉變)[15]이라고 했던가. 인생만큼 변하기 쉬운 것도 없다. 예전에 도움을 받았던 김씨는 근

68

검하고 부지런하여 마침내 상당한 규모의 가게를 차렸지만, 미모를 잃어버리고 노파가 되어버린 다키 씨는 생업도 생각대로 되지 않고, 불행이 계속되어 결국 하루하루의 식사를 걱정할 정도가 되고 말았다. 김씨는 옛 은혜를 잊지 않고, 1931년 무렵부터 집으로 다키 씨를 불러들여 진심을 다해 은혜를 갚고 있는 것이다. 듣기만 해도 마음이 훈훈해지는 이야기가 아닌가.

15) 불교 용어. 이 세상의 모든 현상은 인연에 의해 변하여 가는 것으로, 세상사의 덧없음을 의미한다.

근검!! 노력!! 아버지의 부채를 변제한 청년

경성부 한강 길 과자상 니시다 사다키치(西田貞吉) 가게의
남궁봉(南宮鳳) 씨

남씨의 고향은 경기도 이천군(利川郡) 율면(栗面)이었다. 아버지는 그곳에서 예전부터 쟁기와 가래에 의지하며 살아가는 소작농으로, 남씨 역시 2년 전까지만 해도 아버지를 도와 매일 열심히 농업에 힘쓰고 있었다.

하지만 남씨 일가는 남씨 밑으로 형제가 많아 부모를 포함해 8명이나 되는 대가족이었다. 게다가 농촌의 불황이 더해지자 아무리 일을 해도 빈곤에 쫓기기 일쑤여서, 마침내 하루하루의 생활마저 힘들게 되었다. 더구나 아이들의 교육비에 의료비까지 더해지자 백 원 정도의 빚을 지게 되었다.

남씨는 며칠 밤낮을 이러한 생활과 빚에 대해 고민한 끝에 마침내 결심을 했다.

"아버지 저는 경성으로 돈을 벌러 가겠습니다."

"그러냐. 미안하게 됐구나."

라고 단 한 마디만으로 고개를 끄덕이는 아버지의 눈에서는 눈물

이 멈추지 않고 흘렀다.

지금으로부터 2년 전의 봄날 4월. 그의 나이 18세가 되던 때였다. 기차를 탈 수도 없어 어머니가 만들어주신 도시락을 허리춤에 차고, 눈물로 배웅하는 부모와 형제들을 뒤로하고 뚜벅뚜벅 경성을 향해 발을 옮겼다.

때마침 경쟁하듯 피어있는 벚꽃에 들떠있는 사람들 사이를 남씨는 무거운 마음으로 여기저기 방황하였다. 하지만 신은 효심 깊은 그를 버리지 않았고, 남씨는 운 좋게도 지금의 니시다(西田) 과자점에서 일하게 된 것이다.

감격에 찬 청년의 결심은 단단했다. 이후 일에 몰두하여 근면에 노력을 더해 한눈팔지 않고 쉬지 않고 일하는 남씨에게는 휴일조차 없었다.

남씨의 일하는 모습에 감탄한 주인은 처음 3원이었던 월급을 5개월이 지나고부터는 7원으로, 그리고 1개월 후에는 10원으로 올려주었다.

남씨는 급료를 한 푼도 허투루 쓰지 않고, 2회에 걸쳐 33원을 아버지에게 보내어 가계를 도왔다. 마침내 금년 1월에는 아버지의 백원 남짓의 부채를 갚는다는 목표를 이루었고, 나아가 매월 1원씩 붓는 생명보험에도 가입하였다.

백 가지 계획, 천 가지 기획은 쉽지만 하나의 실행은 어렵다. 남씨의 실행이야 말로 갱생의 유일한 길이며, 나아가 국난타개의 길이 아닐까.

압류를 하러 갔던 세금 징수 관리가
빈자를 위해 체납세금을 대납하다

함경북도 회령군(會寧郡) 회령읍(會寧邑) 3동
최환구(崔煥九) 씨

최씨는 회령군속으로 재직하면서, 온후하고 독실한 성격으로 인해 조선의 각처에서 큰 신망을 받고 있었다.

1933년 3월 3일의 일이다. 관리로서 체납 차량세의 압류를 위해 회령군 팔을면(八乙面) 고동(考洞)의 허돈(許燉) 씨 집에 갔다. 최씨는 허씨의 집을 보고는 놀라움을 금치 못했다. 집안에 가재도구라고는 찾아보기 힘들 정도로 가난했으며, 차량세 4년분인 7원을 체납하기 이전에 차량은 이미 파손되어 폐기되었다는 사실을 알았기 때문이다.

그리고 원래 무지해서 차량에 대해 제출해야할 신고 서류도 전혀 몰랐기 때문에 차는 망가져서 쓸 수 없었지만, 그대로 신고도 안 하고 방치해 둔 채였다.

이러한 사정을 알게 된 최씨는 허씨를 깊이 동정하고, 자신의 여비로 대납을 한 후 압류는 연기한다고 전하고 자리를 뜨려고 했다.

그러자 이 광경을 보고 있던 이웃에 사는 정희용(鄭熙鎔) 씨 등 수 명이 몰려들어, 최씨의 행동이 관리로서 너무나도 눈물을 자아내는 조치였기에 크게 감격하고 각자 약간 가지고 있는 돈을 모아 체납된 차량세를 완납했다.

예부터 관리라는 사람은 인민을 괴롭히는 가렴주구(苛斂誅求)를 하는 악덕관리만 보아왔던 이 마을 사람들이 관리인 최씨가 가난한 사람을 위해 그와 같은 의협심을 보인데 대해 놀랐던 것은 두 말할 필요가 없을 것이다. 더구나 이를 대납해준 마을 사람들의 독행(篤行)도 아름다운 이야기이다.

식량을 아껴서 헌금한 부인회

경상북도 영천군(永川郡) 청통면(清通面) 호당부인회(虎堂婦人會)

남아도는 돈이 있고, 또한 사치스럽게 사용할 수 있는 재산이 있다 하더라도 좀처럼 공공의 일에 돈을 내놓는 사람이 적은 이 세상에, 호당부인회 사람들은 각자가 식량을 절약해서 헌금했다.

금액이 많고 적음은 물론 문제가 되지 않는다. 그 뜻은 실로 성인과 비슷하다고 말하지 않을 수 없다.

호당부인회 사람들은 이전부터 모두 어떠한 방법이든 성은에 보답하고 국가의 방패인 군인들을 위로하고자 생각하고 있었지만, 가난한 생활에 생각대로는 되지 않았다.

그러다 세 부락의 부인회원들은 각자의 집에서 매일 한 수저 정도의 쌀을 절약하고 이를 모아 헌금으로 하자는 데에 의견을 모았다. 그리고 이를 실천에 옮겨 마침내 금 5원을 손에 넣어 이를 다음과 같은 편지와 함께 올해 2월 대구 헌병 분대로 송금해 왔다. 듣기만 해도 눈물이 쏟아질 것 같은 이야기가 아니겠는가.

산골의 한촌(寒村)에 있는 우리 호당동 부인회가 이처럼 두 다리 쭉 뻗고 잠을 자고, 평화로운 생활을 보낼 수 있는 것도 모두 일시동인(一視同仁), 광대무변(廣大無邊)[16]한 성은(聖恩) 때문인 것은 말할 필요도 없습니다. 조국을 위해 국가의 방패가 되어 중대한 책임을 지고, 역풍이 불고 차가운 눈보라가 몰아치는 만주의 광야로 출정해 밤낮으로 건투를 펼치고 있는 우리 황군(皇軍)의 숭고한 고생이 있다는 사실은 잠시라도 망각할 수 없습니다. 우리 세 부락의 부인회에서는 어떻게 해서든지 조국에 보답하기 위해 빈약하고 미력한 여자 회원들이 매일 한 수저씩 쌀을 절약했습니다. 티끌 모아 태산이라고 하듯이, 마침내 5원이라는 금액을 모았습니다. 얼마 안 되는 금액이지만, 우리들의 진심을 모은 돈입니다. 이러한 때에 국가를 위해 유용하게 쓰인다면 실로 행복하기 그지없을 것입니다.

---

16) 모두를 평등하게 대하는(一視同仁) 천황의 사랑은 한없이 넓고 커서 끝이 없다(廣大無邊)는 뜻으로 쓰였다.

빈곤한 자제들의 교양에 힘쓰는
감동적인 청년

부산부 곡정(谷町) 2-105
김억조(金億兆) 씨

김씨는 현재 부산부청에 근무하는 사람인데, 그가 사는 곡정 부근은 빈곤한 자가 많고, 그 자식들은 의무교육조차 충분히 받기 어려운 상태였다.

김씨는 이 미취학 아동들의 장래에 대해 매우 안타깝게 여겨, 어떻게 해서든지 교육기관을 설립하지 않으면 안 되겠다고 생각한 끝에, 작년 1월 13일 동료와 도모하여, 부산부청으로부터 한문서원을 제공받아, 이곳에서 나이 8세부터 13세까지의 조선 남녀 아동 70여 명을 모아 교육을 시작했다.

더구나 창설 이래, 매월의 경비는 자신이 부담하고, 바쁜 근무시간을 쪼개어 영특한 아이들의 교양에 힘썼다. 덕불고필유린(德不孤必有隣)[17]이라는 말은 천년이 지나도 바뀌지 않는 금언(金言)이다. 이들

---

17) 『논어』「이인편(里仁編)」에 나오는 말로 '덕이 있는 사람은 외롭지 않으며 반드시 이웃이 있는 법이다.'로 해석할 수 있다. 또는 '덕을 쌓고 있으면 고립되는 것이

의 독지(篤志)를 알게 된 마을 사람들은 이러한 행동을 개인에게 부담시킬 수만은 없다며 작년 7월에 마을사람들과 합의를 거쳐 마을 경비를 이용해 경영을 하게끔 하였다. 더구나 교원도 2명을 늘려 지금은 훌륭한 교육기관이 되었다.

김씨는 여전히 한편에서 마을 청년의 간부로써 지도를 게을리 하지 않고, 각종 공공시업에도 공헌하는 바가 많다. 이로 인해 아직 25살의 청년이면서도 다대한 경의를 한 몸에 받고 있다.

아니라 반드시 이를 알아주는 동료가 나타나는 법이다.'라는 해석도 있다.

가난한 집에서 효자가 나오다
소년이 병든 조부모를 부양하다

경성부 외신당리(外新堂里) 36
이용구(李龍九) 군

이용구 군은 올해 11세의 소년이다. 수년 전에 어머니를 여의고, 최근에는 집안의 지팡이이자 대들보인 아버지마저 행방불명이 되고 말았다. 이에 이용구 군은 형 이봉용(李鳳龍) 군, 그리고 조부모와 함께 하루하루를 겨우 연명하는 생활을 보내기에 이르렀다. 노령의 할아버지 역시 작년부터 병상에 누워버리자, 일가는 극심한 가난에 빠져 할아버지 약값은 물론 입에 풀칠을 할 수조차 없게 되었다. 가엾은 형은 낮에는 행상을 하였고, 그동안 이용구 군은 할아버지의 병간호와 할머니의 효양(孝養)에 여념이 없었다. 하지만 형 이봉용 군의 월수입은 6원 남짓으로, 조부모와 형제 2명의 입에 풀칠을 하고, 할아버지 약값을 대기도 어려웠다. 이에 이용구 군은 형이 행상에서 돌아오기를 기다려 과자 종류를 조금 들고 경성으로 나가 밤 12시까지 요리점이나 카페 등을 돌아다니며 행상을 하고 있다. 이렇게 얻은 두 형제의 수입으로 조부모를 부양하고 있다.

　이웃 사람들도 이 어린 형제의 씩씩한 모습에는 감격하지 않는 이가 없다.

은사의 묘를 청소하여, 제자의 도를 다하다

경상남도 진해읍(鎭海邑) 중초리(中初里)
우승조(禹承祚) 씨

우씨는 올해 70세의 고령이지만, 여전히 정정하게 농사를 짓고 있는 훌륭한 사람이다. 우씨는 청년 시절에 죽초(竹樵) 배(裵) 공에게 친밀하게 사사(師事)를 받았다. 허나 공이 죽은 지 30여 년이 지나, 진해읍내 성산에 있는 공의 묘지는 돌보는 사람이 없고 묘비는 무성하게 자란 풀로 덮여 무심히 방치되고 있었다.

우씨는 이를 심히 유감스럽게 여겨 당시 가르침을 받았던 제자 십 수 명에게 권유하여, 1930년 봄에 진해읍 풍동리(豊洞里)에 논 3단 보(段步)를 매수하였다. 그리고 이를 공동 경작해 거두어들인 수익을 이용해 묘지를 정리하고 평소에도 청소는 물론이거니와 음식을 바쳤다. 매년 3월 17일에는 제자 일동이 모여 성대한 제사를 지내어 스승의 넋을 기리는 동시에 생전의 고풍(高風)을 추모하여 수양(修養)하였기에, 부근 사람들도 사제의 도란 이래야 한다며 칭찬하지 않는 이가 없었다.

가정(家政)을 만회해
무뢰한 아버지를 후회하게 만들다

경상남도 창원군(昌原郡) 웅천면(熊川面) 성내리(城內里)
김원갑(金元甲) 씨

조선 사람들 중에는 무뢰한 아버지 때문에 고생하며 우는 이가
적지 않을 것이다. 여기에 소개하는 김씨의 아버지도 62세의 고령
이지만, 성격이 나태하고 음주를 좋아했다. 더구나 도박에 빠져 조
상대대로 내려오던 전답도 남에게 넘어가 자산을 탕진했음에도 뉘
우치는 구석이 없어, 마을 사람들로부터 무뢰한이라고 지탄을 받고
있었다.

원(元)씨[18]는 어린 마음에도 이를 슬피 여기고 가정(家政)을 만회해
명예를 회복하리라 결심하고 겨우 12살의 소년의 몸으로 어머니를
도와 가업에 정진하였다. 근검노력하고 적은 돈이라도 저축하여,
수년간에 500원이라는 돈을 모았기에, 이를 자본으로 행상을 시작
했다.

---

18) 김원갑 씨의 실수라고 생각된다.

비가 오나 바람이 부나 살을 에는 듯한 추위에도 싫어하거나 나태해지는 기색도 없이 한 마음으로 행상을 계속했다. '신은 스스로 돕는 자를 돕는다.'는 속담대로, 원씨의 이러한 노력은 결국 보답을 받아 금 1,000원을 저축하기에 이르렀다. 그리고 일찍이 아버지가 다른 이에게 넘겼던 전답을 다시 사들이고는 뜨거운 눈물을 흘리며 진심을 다해 아버지에게 간언했다.

아무리 무뢰한이고 마을 사람들로부터 지탄을 받아 온 아버지도 불요불굴(不撓不屈)[19]의 노력을 한 아들의 무엇과도 바꿀 수 없는 진심어린 간언을 듣자 갑자기 마음을 고쳐먹고 새사람이 되었다. 마치 수년간의 꿈에서 깨어난 듯 아버지는 자식과 힘을 합쳐 가업에 정진하기 시작했다.

사람들은 이러한 사실이야 말로 자제 교육에 좋은 모범이 되며, 이 아들 또한 흔치 않은 효자라고 칭찬하지 않는 이가 없었다.

---

19) 한 번 마음먹으면 절대로 굽히지 않음.

덕은 외롭지 아니하다
의학생(醫學生)이 모범 부락을 만들다

함경북도 종성군(鍾城郡) 행영동(行營洞)
김하윤(金河潤) 씨

의술(醫術)은 인술(仁術)이라고 하는 격언을 그대로 실천에 옮겨 빈민을 구하여, 그 덕이 한 마을을 풍미한, 요즘 같은 세상에는 흔치 않은 미담(美談)이다.

김씨는 수년 동안 의술을 배운 학생인데, 자비심이 매우 깊은 사람이었다. 게다가 가정은 유복했기에 가난한 환자는 무료로, 일반 사람들은 실비만 받고 약을 주는 등, 환자로부터 실비 이외에는 한 푼도 받지 않고 남는 돈은 돌려주었다. 젊은 환자들이 한사코 지불할 경우에는 이를 별도로 저축해 두었다가 빈곤한 사람들에게 분배하였다.

부락민들도 점차 이러한 김씨의 덕에 감화되어 누구라고 할 것 없이 모두 가업에 정진하고 노력하여, 앞 다투어 자선공공사업을 열심히 하게 되었다. 지금에 와서는 주위의 모범 부락이 되어 점점 발전하고 있다. 듣기에도 가슴이 뿌듯해지는 이야기가 아닌가.

용감!!! 소년 통역사
장대비를 뚫고 활약하다

만주국(滿洲國) 치치하얼(齊齊哈爾)
김진동(金震東) 군

1933년 2월 황군의 열하(熱河)와 같은 공격에 있어서, 사과와 같은 얼굴을 한 조선의 소년이 요네야마(米山) 선봉부대의 통역으로 참가해, 사방을 가득 메운 포연과 쏟아지는 탄환을 개의치 않고 씩씩하게 황군을 위해 활약했다.

소년의 이름은 김진동. 이제 겨우 17살이 된 어린 나이였다. 김 소년의 가정은 불행이 끊이지 않아, 가엾게도 김 소년이 10살이 되던 해, 경상북도 고향을 뒤로하고 부모와 함께 추운 북만주를 헤맸다. 그러다가 겨우 치치하얼에 정착을 했지만, 슬퍼할 틈도 없이 가장 소중한 아버지와 어머니가 줄지어 세상을 뜨고 말았다. 이렇게 되어 김 군과 동생은 이 넓디넓은 세상에 몸 기댈 곳 하나 없는 천애의 고아가 되고 만 것이다.

이러한 슬픔은 내색도 않고 김 소년은 씩씩하게 작은 몸에 헐렁한 군복을 두르고, 의연히 커다란 군인들 사이에 섞여 씩씩하고 밝게 부대의 선두에 서서 활약하고 있다.

그리고 상사들의 명령을 잘 듣고 주의 깊게 일반인들과 교섭을 유지해 용감하고 완벽히 통역 임무를 수행하였기에, 병사들 사이에서 귀여움을 독차지하고 있었다.

"김 군 위험해."

라고 하면

"뭐 괜찮아."

라며 여기저기 뛰어다니며 양 볼을 반짝거리며,

"나도 일본인이니까, 나라를 위해서 일하는 것이 당연하다. 지나 (支那) 군이 쏘는 총알 따위 맞지 않으니까 걱정할 필요 없어."

라고 말하고 있으니, 이 얼마나 건강한 소년인가.

12년간 뱃사공을 두어
가난한 이들이 강 건너는 편의를 제공하다

경상남도 마산부(馬山府) 오동동(午東洞) 농부
윤군옥(尹君玉) 씨

윤군옥 씨는 올해 71세의 고령이지만, 젊은이에게 뒤지지 않는
건강을 유지하고 있을 뿐 아니라 성품이 온화하고 공덕심(公德心)이
넘쳤다. 종래 부근 부락민들을 위해 노력해 온 것을 일일이 열거하
자면 끝이 없어, 이 근방에서 윤씨의 덕을 우러러보지 않는 이가
없었다.

경상남도 창원군 창원면 봉암리(鳳巖里) 소재의 상남천(上南川) 하류
에는 아직 다리가 놓이지 않아, 마산 방면에서 상남(上南), 진해 방면
으로 왕래하는 통행인은 이 강을 건널 때에 뱃삯으로 1회에 5전씩
지불해야 했다. 때문에 가난한 사람은 이 나루터를 이용할 수 없어,
십 수 정(町)[20] 떨어진 상류를 우회하여 걸어가지 않으면 안 되는,
매우 안타까운 실상이었다.

---

20) 거리 단위. 1정은 60간(間)으로, 약 109m. 즉 '십 수 정'은 1~2km 정도

이러한 실정을 불쌍히 여긴 윤씨는 지난 1922년 2월 같은 지역에서 농업에 종사하는 임달준(林達駿) 씨 일가에게, 자신이 소유하고 있는 밭 약 10마지기[21]를 영구히 무료로 빌려주고, 그 대가로 상남천 도항장(渡航場) 부근에 나루터를 설치하여, 하층농민이나 노동자를 무료로 건너게 했다. 이후 지금까지 12년이라는 오랜 세월동안 변함없이 이를 행하고 있어, 가난한 사람이나 하층농민뿐만 아니라 일반 통행자 역시 편리한 점이 한두 가지가 아니다. 적어도 이 강을 건너는 자 중에 윤씨를 칭찬하지 않는 이는 없는 모양이다.

---

21) 한자로는 '두락(斗落)'으로 표기. 논밭의 넓이를 나타내는 단위로, 볍씨 한 말의 모 또는 씨앗을 심을 만한 넓이. 논은 약 150~300평. 밭은 약 100평(330m²).

차창에서 병사가 떨어뜨린 군모를 주워
역까지 뛰어와 헌병에게 건네다

대구부(大丘府) 외비산동(外飛山洞) 권원윤(權元尹) 씨
대구부 칠성정(七星町) 김복술(金福述) 씨

위의 두 사람은 비록 가난한 지게꾼이지만, 애국 의지는 남에게 뒤지지 않는 고귀한 사람들이다.

올해 1월 31일 만주행 군용열차가 대구역을 출발해, 칠성정의 건널목에서 정차해 있을 때의 일이다. 이 두 사람은 병사들의 장도(壯途)에 감격해 '만세', '만세'라고 소리 높여 외쳤다.

이에 응답한 병사들 역시 차창으로 상반신을 내밀어 답례를 했는데, 이 중에 한 사람이 어느 틈엔가 군모를 떨어뜨리고 말았다.

이를 본 두 사람은 놀라 재빨리 모자를 주워 바로 대구역으로 달려가

"병사가 곤경에 처해 있을 테니 재빨리 모자를 보내주십시오."

라고 헌병 분대장에게 갖다 주었다. 분대장은 이에 크게 칭찬하며 사례금을 주려고 했지만, 두 사람은 좀처럼 이를 받아들이지 않고 오로지 모자를 떨어뜨린 병사만 걱정할 뿐이었다.

"바로 그 병사에게 보내줄 테니, 걱정하지 마라."
라고 타일러서 겨우 사례금을 손에 쥐어주었다.

근검절약하고 힘을 써서 집안을 일으킨 효자

함경북도 종성군(鍾城郡) 행영면(行營面) 굴산동(屈山洞)
김진극(金眞極) 씨

김씨는 5세 때 아버지를 여의고, 아무것도 없는 가난한 집에 어머니와 단 둘이만 남겨졌다. 그뿐 아니라 아버지가 남긴 거액의 부채는 한층 이 둘을 힘들게 했다.

엎친 데 덮친 격으로 때마침 불어 닥친 재계의 불황은 이런 오지의 불쌍한 사람들에게까지 그 잔인한 마수를 뻗쳤다. 모자는 입에 풀칠하는 것도 어려워져 3일이고 4일이고 먹을 것이 없을 때도 있었다.

이러한 곤경 속에서도 어머니의 자애는 김씨를 무사히 성장시켰다. 이윽고 김씨가 농사를 할 수 있게 되자, 어머니를 도와 말 그대로 잠도 안 자고 쉬지도 않고 일만하는 생활을 했다.

황무지를 싼 가격에 사들여서 이를 개간하고, 또 농사를 개량하여 작물의 증산을 꾀하는 등, 십 수 년 동안 조금도 변함없이 노력에 노력을 더하고, 면과 동 사람들보다 솔선해서 공공사업에도 참여하여, 마침내 부채를 전부 변제하였다. 더구나 지금은 25정보(町

步)22) 정도의 밭과 근사한 집 두 채를 지어, 동에서도 손꼽히는 자산가가 되었다.

그리고 노모를 모시는 데에 한 치의 소홀함도 없었다. 이에 마을 사람들로부터 높은 평판을 받는 노력가로 존경을 한 몸에 받고 있다. 열심히 돈을 버는 사람을 따라다니는 가난함이란 없다는 말은, 실로 잘 만든 표현이다.

---

22) 토지 면적의 단위. 1정보는 약 3000평(10000m²).

기댈 곳 없는 몸을 구제 받아
그 은혜에 감사하여 기부금으로 사례하다

경성부 강기정(岡崎町) 경성과자회사내
정연택(鄭然澤) 씨

은혜를 받고 이를 갚지 않으면 인간도 아니라고 자주 이야기한
다. 하지만 뜨거운 음식도 목구멍을 지나면 그 뜨거움을 잊어버린
다는 속담과 같이, 힘들 때 받았던 고마움에 대해서는 '이 은혜는
죽어도 잊지 않겠습니다.'라고 누구라도 말하지만, 세월이 지나면
언제 그랬냐는 듯이 잊어버리는 예도 적지 않다.

정연택 씨는 올해 26세의 유능한 청년으로, 지금으로부터 11년
전에 단신으로 일을 찾아 경성에 올라왔다. 하지만 아는 이 하나
없었고, 내지어(內地語)23)는 한마디도 못 했기에 어찌할 바를 모르고
있었다. 이때 경성부 서사헌정(西四軒町)에 있는 고야산(高野山) 별원(別
院)의 주지인 사와코(澤光)가 이 사정을 듣고, 정씨를 절에 받아들여
자식처럼 사랑하였다. 정씨는 1929년에는 자동차 운전수 면허를

---

23) 일본어를 의미한다.

취득하고, 이후 내지어도 익혀서 자동차 운전수로서 생활하게 되었다. 그리고 수입의 일부를 쪼개 공제무진회사(控除無盡會社)24)에 저금을 하고, 작년 9월에는 사와코에게 보은의 의미로 이 저금에서 천 원을 사회사업에 쓰라고 주었다.

　인정이 종잇장보다도 얇은 오늘날 보은 미담으로 사와코는 물론이고 이웃 사람 모두 크게 감동했다.

---

24) 현재의 상호저축은행, 신용금고의 전신.

규방을 깨부순 부인,
남성보다 앞장서 자력갱생

함북 경성군(鏡城郡) 용성면(龍城面) 용성부인회(회원 62명)

부인해방(婦人解放), 자력갱생을 호소하는 목소리가 높은 요즘, 여론을 의식하지 않고 이상향 건설을 위해 전념하는 감명 깊은 부인회 이야기.

1931년, 1932년. 연이은 흉작으로 함경북도 일대 농촌의 피폐는 실로 눈 뜨고 볼 수 없는 지경이었다. 풍요로움이 자랑이었던 수성평야(輸城平野)도 어쩔 수 없었다. 모두들 팔짱을 낀 채로 이대로 굶어 죽기를 기다리던가, 아니면 운명을 개척하기 위해 앞으로 나서던가, 둘 중 하나를 선택할 수밖에 없었다.

궁하면 통한다고 했던가. 분연히 일어난 것이 바로 부인회의 전신인 부인야학회였다. 농경에, 하천공사에, 그리고 행상까지, 낮의 피로를 잊고, 보통학교로 무거운 발을 옮긴 그녀들은 야학을 하며 서로의 궁핍함과 생활의 어려움에 대해 이야기했다. 이를 우연히 듣고 동정의 눈물을 흘린 것이 바로 와키지마(傍島) 교장이었다.

이후 교장은 밤에 잠도 못 자고 생각한 결과

"좋았어, 통제가 있는 훈련이다."

라고 자력갱생을 위한 첫 마디 말이 입에서 흘러나왔다. 그리고

"여러분 아침저녁으로 한 수저씩 쌀을 절약해 저장하도록 하세요. 행상을 하는 사람은 집에서, 상품의 가격을 정해 보다 더 많은 이익을 얻었을 경우에는 모두 저축하시오."

라고 외치면서, 이를 회원들에게 철저히 지키게 했다. 회원들 역시 교장 선생의 말을 철저히 지켰다. 그 결과 손에 넣은 곡물과 저금을 이용해 손쉽게 작년의 곤궁을 벗어날 수 있었다.

분발(奮發)하는 힘, 지도의 힘, 단결의 힘은 강하다. 더구나 올해 3월 갱생의 의지가 불타는 부인들이 들고 일어남으로써 전 조선에 자랑스러운 용성부인회가 설립되었다.

그리고 회원 간 친목, 지덕 연마, 미풍양속 조장, 부업 진흥, 생활 개선, 부덕(婦德) 수양 등을 부인회의 목적으로 정하고, 지금까지 확실히 실행에 옮기고 있다. 또한 곡식 절약분 저축, 행상 이익 저축은 물론, 색깔 옷 반드시 입기와, 처녀부(處女部)의 야채실습지 150평, 부인부(婦人部) 마(麻) 재배지 100평을 구입하여 단체 강습을 하는 등의 활동에도 여념이 없다.

경성 군수는 이러한 노력을 매우 기뻐하며 부인회 노래를 작곡해 장려하고 있다.

교장선생의 지휘 아래 일사분란하게 봄 모내기에 열중인 회원들의 명랑한 '멜로디'는 경제국난(經濟國難)도 아랑곳없이 높이 울려 퍼지고 있다.

만주사변 피난동포를 위로하는
구원의 손길

신의주부(新義州府) 미륵동(彌勒洞)
송계하(宋啓夏) 씨

송씨는 의료를 업으로 하는 사람으로, 태생이 정이 많았다. 특히 작년 만주사변 발발 후에 오랜 기간 동안 생활한 터전을 버리고 만주에서 피난하는 조선 동포를 불쌍히 여겨, 하루나 이틀 정도 자택에 재우며, 병자에게는 무료로 약을 주고, 여비도 챙겨서 돌려보내는 경우도 많았다. 올해 1월까지 180여 원의 여비를 지급했다고 한다.

또한 돌봐줄 이 없는 노약자 6인을 작년 3월부터 자택에 기거시키며 보호하고 있다.

이와 같은 기특하고 하느님과 같은 행동으로 인해 이웃들에게 경모(敬慕)의 대상이 되고 있는 것도 무리가 아니다.

빛나는 농촌 여성,
전 마을의 나태함을 깨부수고 자력갱생

경기도 파주군(坡州郡) 청석면(靑石面) 오도리(吾道里)
백복업(白福業) 여사

일찍이 안방 깊은 곳에 숨어 밖으로 잘 나오지 않던 농촌의 여성이 자력갱생의 경종에 눈을 뜨고 떨치고 일어난 명랑한 농촌의 아름다운 이야기.

경기도 파주군 청석면 오도리는 겨우 41채가 모여 사는 작은 부락이다. 작년까지는 이야깃거리도 되지 않을 정도로 빈촌이었다. 원래 자각도 없고 인재도 없어, 정신 차리게 할 만한 자극도 없어, 사람들은 의미 없이 나태한 시간을 보내고 있었다. 여기에 선녀같이 튀어나와 구습을 깨부수고 분연히 일어나 앞장서 지도에 열심인 여성이 있었다. 그 사람이야 말로 후에 자모(慈母)라고 숭앙받게 되는 백 여사이다.

여사는 1929년 11월 마을의 부인을 모아 부인회를 창립하고, 우선 야외 노동 장려를 슬로건으로 삼고, 회원을 야외로 동원하여 남자의 영역에서 활동케 했으며, 농한기에는 가마니 짜기, 베 짜기,

양계, 양돈 등의 부업을 장려했다.

처음에는 마을사람들에게 놀림도 받고, 방해도 받았지만, 불요불굴(不撓不屈)의 굳은 각오와 노력은 점차 사람들로부터 인정을 받았다. 여사는 이에 힘을 얻어 이듬해 봄 5단보(段步, 300평)의 소작지를 빌려 공동 경작을 시작했다. 가사의 짬을 내어 밭에 나와 파종부터 모심기, 제초, 비료 배포, 수확까지 여자들의 힘으로만 10섬 4말이나 수확을 올렸다.

이렇게 땀의 대가를 알기 시작한 회원들은 점차 열을 내어 돈을 벌기 시작했다. 이후 공동경작 하는 논의 비료도 자급자족을 꾀하고, 42명의 회원은 머리끈을 동여매고 맨발로 들에 나가 척척 풀을 베고, 1,200관의 퇴비를 만들어 남자들의 막힌 코를 뚫어 주었다. 한편 군축산조합의 지도를 받아 150마리의 병아리를 사들여 양계를 시작하고, 돼지까지 기르기 시작했다. 지금은 적어도 수 마리, 많게는 30마리나 기르고 있어, 매월 15개씩 계란을 모아 공동 판매해, 부인회 기본자금으로 263원이나 적립했다.

여기에 겨울이 되면 가마니를 짠다. 작년의 경우에는 실로 2,070장이나 되는 가마니를 생산해 한 사람당 최고 600장이나 짜는 굉장한 기술을 보여줬다. 그러는 동안 눈물 어린 에피소드도 있었다. 여하튼 젖먹이가 있는 집이 많아, 대부분이 아이를 업고 가마니를 짰는데, 부모에게 맡겨놓고 가벼운 몸으로 모임에 오는 사람, 옆에 재워두고 우는 아이를 달래면서 짜는 사람도 있었다. 모두 무엇보다도 지지 않겠다는 일념에 경쟁적으로 가마니를 짰다. 개중에는 날이 저물도록 집에 가지 않고, 사랑스런 아기에게 젖을 물리지 않는 어머니도 있었다. 울다 지쳐 잠든 가련한 아기 모습에 울음을 터뜨리고 마는 어머니도 있었다. 백 여사는 빨갛게 물든 눈시울로 이러한 비극을 이야기했다.

작년부터는 양잠의 공동 관리와 자수도 시작했다. 좌우간 다각적인 부업에 종사하며 남자들에게 채찍질을 가했다. 부인회의 현재 저축 620원이 1,000원이 된다면, 부인회 공동경작 논을 사들여, 남자들을 향해 당당히 홀로 서기를 할 수 있는 모범 마을을 만들겠다고 하는, 규모는 작지만 원대한 계획 아래 용감히 움직이고 있다.

그동안 회원 상호의 경조사가 있으면 10전씩 모아 서로 도왔고, 전원이 모두 나서 기쁨과 슬픔을 같이했다. 허례와 낭비를 일절 없애고, 그 외에도 여러 미풍을 함양해서 빛나는 행진을 이어가고 있다. 최근에는 관청에서 조성금을 받는 등 영광스러운 일도 있었다. 이제 와서는 모범 마을로서 전 조선의 갱생진(更生陣)에 이색적인 존재로 빛을 발하고 있다.

가마니를 짜서 헌금한 초등학생

충청남도 당진군(唐津郡) 면천공립보통학교(沔川公立普通學校)
제6학년생 일동

만주 벌판에, 몽고의 사막에, 빙설을 뚫고, 혹서(酷暑)를 넘어 활약하는 황군의 모습이 순진한 초등학생들에게 얼마나 강한 감명을 주었는지는 전국 각지에 모여드는 위문품과 편지, 헌금만 보더라도 대충 짐작이 간다. 그중에서도 면천보통학교 6학년생들이 가난한 와중에도 자신의 땀으로 벌어들인 돈을 헌금한 사실은 특히 감격스럽지 않을 수 없다.

면천보통학교 6학년 제군(諸君) 일동은 선생님에게 만주의 황군들이 고생하는 사실을 듣고 감격하여, 자신들 또한 일본 신민(臣民)인 이상 어떻게 해서든 보답하지 않으면 안 된다고 이야기를 나누었다. 그 결과 '설령 적더라도 모두의 땀과 노력의 결정체를 황군에게 보내자. 이것이 또한 자립자영 정신에도 합치되는 것이다.'고 씩씩하게도 각오를 하였다. 작년 5월 이후, 한창 놀고 싶을 나이임에도 불구하고 타는 듯한 불볕더위 속에서도, 살을 에는 듯한 추위 속에서도 싫은 기색 하나 없이, 학업 틈틈이 가마니 짜기에 전념해

서 1장에 1전씩 저금했다. 실로 9개월 동안 게으름을 피우는 사람
이 한 사람도 없이 일한 결과, 8원 50전을 손에 넣을 수 있었다. 2
월 11일 기원절(紀元節)25)을 길일로 점쳐, 이 귀중한 돈을 다음과 같
은 편지와 함께 헌병대로 우송해왔다.

우리들 6학년 일동은 항상 선생님께 국가를 위해 추운 만주에
나가 일하고 있는 군인들 이야기를 듣고는 매우 감사하게 생각
하고 있었습니다.
그리하여 작년 5월부터 모두가 매일 가마니를 짜서 1장을 짤
때마다 1전씩 저금을 해서, 경사스런 기원절을 기념해 보내드리
게 되었습니다.
정말 부끄럽게도 적은 돈이지만, 이 돈으로 천황 폐하께 만분
의 일이라도 충의를 다할 수 있다면 정말로 기쁠 것입니다.
부디 만주에 있는 병사들에게 보내 주세요.

1933년 2월 11일
당진군 면천공립보통학교
제6학년생 일동

---

25) 기원절(紀元節)은 일본의 건국기념일로 1873년부터 시행해왔다. 원래는 천무천황
(天武天皇)의 즉위한 날을 따라 2월 11일로 정해왔으나, 2차 세계대전 패전 후
GHQ에 의해 폐지되었다. 1966년부터 '건국기념일'로 이름을 바꾸어 휴일로 다시
제정되었다.

작은 배를 건조해 익사 예방 구호를 행하다

경상남도 진주읍(晉州邑) 면정(綿町)
의학생(醫學生) 강운수(姜雲秀) 씨

강씨는 본업과 동시에 한약상을 경영하며 상당한 자산을 이루어, 8명의 가족과 함께 평화로운 생활을 하고 있는 사람이다. 자비심이 풍부한 성격으로 공익 관념이 뚜렷하고 매년 전염병 유행 시에는 솔선해서 무료진료, 시약(施藥)을 행해, 마을 사람들로부터 언제나 경의와 흠모를 받아왔다.

진주읍내를 흐르는 남강(南江)은 수영하기에 알맞아 매년 여름이 되면 많은 사람들이 수영하러 모여들지만, 잘못해 익사하는 사람이 나올 때가 있었다.

강씨는 이를 유감으로 여겨, 여러 방지책을 생각한 끝에 수년전 부터 자비 150원을 들여 작은 배를 만들어 수영하는 사람의 구호 용으로, 그리고 자발적으로 비용 전부를 부담해서 매년 7월, 8월에 는 구조반을 조직해서 익사자 예방에 노력했다.

이로 인해 수많은 사람의 익사를 미연에 방지할 수 있어, 읍내의 많은 사람들이 강씨의 미담에 감격하지 않는 이가 없었다.26)

손가락을 잘라 선혈로 어머니를 구한 효자

경성부 효제동(孝悌洞)
김건배(金健培) 씨

김씨 가정은 부모형제 등 8인 가족이다. 아버지는 병약해서 생계가 곤란하기에 김씨는 동생과 함께 일하고 협력해서 곧잘 가계를 돕고 있었다.

그런데 작년 12월에 김씨의 어머니인 임씨가 부인병에 걸려 출혈이 심해 빈사 상태에 빠지고 말았다.

놀라 슬픔에 잠긴 김씨는 아무런 주저도 없이 바로 자신의 왼 손 무명 손가락을 잘라 혈액을 짜서 어머니에게 드렸다. 김씨 역시 출혈과다로 잠시 졸도할 지경이었다.

하지만 김씨의 효행을 신이 알았는지, 다행히 어머니는 회복을 하고 점차 건강을 되찾고 있다.

이를 안 경성부 동부방면 사무소에서는 근시일내에 효자로서 표창을 하려고 수속 중에 있다.

---

26) 1928년 8월 3일자 『동아일보』에 「구주서기부, 이사를 예방, 깅ㅿ숖씨(신구)」라는 기사가 보인다.

지주의 선행에 감격,
소작인 등이 기념비를 건립

충청남도 대전군(大田郡) 구즉면(九則面)
박영춘(朴英春) 씨 외 백여 명

박씨 외 백여 명의 사람들은 대전읍 본정(本町) 이정목(二丁目), 와카바야시 시게루(若林茂) 씨의 소작인이다. 와카바야시 씨는 세상에 흔한 욕심 많은 지주가 아니라, 항상 소작인을 사랑하였다. 마름제도(舍音制度)[27]를 폐지하여 소작인의 부담을 경감시켰고, 흉작일 경우에는 소작료를 낮추었다. 또한 비료 대금과 같은 경우에는 무이자로 대여해 주는 등, 항상 소작인을 위해 많은 희생을 감수했다.

소작인들 또한 그러한 덕에 감동하여 소작에 더욱 정진했다. 그러던 작년 11월 소작미 납입에 맞추어 박영춘 씨는 와카바야시 씨의 덕을 찬양하기 위한 기념비 건립을 소작인 일동에게 물었다. 소작인들은 모두 평소부터 와카바야시 씨를 부모와 같이 존경하고 있었기에 한 사람의 반대도 없이 그 자리에서 70여 원을 모았다.

---

27) 지주 밑에 지주대리인인 '마름(舍音)'을 두는 제도. 주로 대규모 지주나 소작지에서 멀리 떨어져 사는 지주를 대신해 마름이 소작지를 관리했다.

바로 기공에 착수해, 동년 12월 높이 5척, 폭 1척이 되는 '와카바야시 혜시기념비(若林惠施記念碑)'를 건립해, 지주 와카바야시 씨의 덕행을 칭송하였다. 또한 그 뒷면에는

공치전장 이행이의 혜아작인 감복기인

(公置田庄 履行以義 惠我作人 感腹其仁)

제가대거 늑석이송 시용위친 영도불인

(齊家待擧 勒石而頌 蒔容謂親 永圖不湮)[28]

이라고 새겼다. 와카바야시 씨의 행동도 원래 칭찬할 만하지만, 지주와 소작인이라는 관계라는 것이 자칫 소원해지기 쉬운 요즘, 이렇게 소작인 다수의 선행은 내선융화의 백만 단어보다도 실질적 효과가 훨씬 크다.

---

28) 와카바야시 공은 농지를 부침에 있어 의(義)에 따라 행동하여 우리 소작인들에게 은혜를 베풀었으니 그 어진 마음에 감복한다. 집안을 다스리고 때를 기다려 돌을 조각하여 칭송하니 어버이와 같을 ㄱ 뜻이 시듸지지 않고 오내도록 남아 있기를 바란다.

맹인의 분발,
가채를 변제하고 가마니 짜기의 스승이 되다

경기도 부천군(富川郡) 소사면(素砂面)
맹인 박병길(朴炳吉) 씨

박씨는 올해 27세 되는 맹인이다. 빈곤한 가정에서 태어났을 뿐 아니라, 4세 때에는 실명하여, 이후 20세가 되기까지 아무런 할 일도 없이 맹인인 채로 놀았다. 그런데 놀고먹으면 아무리 많은 재산도 없어진다는 말처럼, 그렇지 않아도 풍족치 않던 가정은 해를 거듭하며 빚이 늘었다. 가족들은 점점 박씨를 거추장스런 짐처럼 생각하게 되어,

"죽어 버려."

"어디든지 좋으니까 나가버려."

와 같이 참혹한 말을 쏟아 부었다. 눈은 보이지 않는다 해도 이러한 말이 귀에 들어오자, 너무나 속이 상한 박씨는 분발해서 손을 더듬어 가마니 짜는 법을 배워, 순식간에 다른 멀쩡한 사람도 미치지 못할 정도로 능숙하게 되었다. 이윽고 아내를 맞이하고 가정을 이뤄 매해 쌓여만 가던 부채를 변제하고 오히려 상당한 저축을 하

기에 이르렀다.

이에 놀라움을 금치 못하던 이웃 사람들은 크게 감동하여 박씨를 스승으로 모시고 모두들 가마니 짜기를 부업으로 삼기에 이르렀다. 실로 자력갱생이란 눈이 보이는 사람들도 미치지 못할 만큼 분발하여 노력한 박씨 같은 사람을 이르는 말이다.

십여 만원의 채권을 포기하고
빈민을 구제한 호농(豪農)

함경남도 정평군(定平郡) 광덕면(廣德面) 신천리(新川里)
김인환(金仁煥) 씨

김씨 집은 대대로 같은 지방의 호농이었다. 특히 지금은 죽고 없는 그 아버지는 독실한 자선가였기에, 부락민으로부터 높이 존경을 받았다.

그리고 그가 생존 중에 마을 안의 빈곤자 200여 명에 대해 원금과 이자 합계 10여 만 원의 빚이 있었는데 불쌍한 농민빈곤자의 생활에 깊이 동정한 김씨의 아버지는 빚 전부를 포기하는 뜻을 유언으로 남기고 세상을 떴다.

이 뜻을 계승한 김씨는 올해 4월에 전 채무자에 대해 빚 전부를 없는 것으로 하겠다는 뜻을 밝히고 차용증서 전부를 반환해 주었다.

김씨의 가계도 아버지의 사후 재계의 불황과 수해 등으로 인해 예전과 같이 유복하지 않은 상황임을 익히 알고 있는 마을 사람들은 용단을 내린 김씨를 신처럼 떠받들었다.

특히 채무자 및 부근 마을 사람들은 이러한 덕을 기려 오래오래

후세에 전하기 위해 김씨 집 뒤뜰에 송덕비(頌德碑)를 건립할 계획을 세웠다. 이에 발기인 8인은 18인의 찬동자로부터 금 63원 80전을 받아 올해 5월 2일 공사에 착수했다.

김씨는 같은 날 96명을 초대해 자리에 모인 사람들로 하여금 조합을 조직케 해, 그 기본자금으로 밭 9단보(段步, 2700평)를 주어 장래 각종 사회사업에 공헌하게 하였다고 한다.

공휴일의 근면소득을 국방비로 헌금하다

충청남도 대전읍(大田邑) 춘일정(春日町)
백화점점원 남보현(南寶鉉) 씨·양경지(梁慶智) 씨·유해연(柳海淵) 씨

위 세 사람은 대전의 히후미 백화점의 점원이다. 점주의 신망이
특히 두텁고, 부근의 조선인들 사이에서도 주종 관계가 밀접하다고
칭찬이 자자할 정도였다.

시국과 국제 관계가 악화되어 일본의 입장이 난국에 빠져있다는
것을 들은 위 세 사람은 어떻게 해서든지 국방을 위해 헌금하고 싶
다고 생각했다. 하지만 적은 급료를 받는 입장에서 쉽게 실행에 옮
기지 못하고 있었다. 이에 남보현 씨는 공휴일을 반납하고 그 근무
소득을 헌금으로 내놓자는 의견을 내놓았다. 점주도 승낙을 하고
공휴일을 이용해 다른 일본인들과 함께 공동 매상 금 101원을 올려,
순익 20원 20전을 3월 14일 조선방위병기 구입기금으로 헌금했다.

일개 직공(職工)의 몸으로
폐쇄 위기의 유치원을 구하다

경기도 고양군(高陽郡) 한지면(漢芝面) 태원리(太院里)
이창순(李昌順) 씨

이씨는 용산공작주식회사(龍山工作株式會社)의 일개 직공이지만, 그 행동에는 실로 느낄 점이 많다.

이씨는 12세 때 지팡이이자 대들보처럼 의지하던 아버지를 여의고, 이후 어머니와 함께 극심한 가난에 시달리며 세상의 쓴맛을 보았다.

15세 때부터 겨우 용산의 여러 철공장에 고용되어, 적은 수입을 얻어 어머니를 모시는 기특한 소년이었다. 몸은 가난했어도 마음은 올바르고, 더구나 효심마저 깊은 이씨에게는 어느새 행운의 여신이 미소를 보내고 있었다.

1919년 경성부 한강통(漢江通) 용산공작주식회사 사장은 이씨의 정직하고 열심인 모습에 깊이 감탄하고는, 이씨에게 공사 하청을 맡기기 시작했다. 이후 이씨는 순풍에 돛을 단 듯이 돈을 벌기 시작했다. 돈을 벌어서는 저축하고, 돈을 벌어서는 저축하여 작년에는 약 5,000원 정도 저축을 하게 되었다.

이것만으로도 훌륭한 입지전적인 미담이며, 불경기 탓을 하며 아무 일도 안하고 일하지 않는 사람들에게는 실로 좋은 청량제일 것이다. 하지만 더욱 감복할 만한 것은 이씨가 결코 수전노가 아니었다는 점이다.

1932년 3월 이태원에 예수교 예배당 부속 유치원이 불경기로 인해 유지가 곤란해지자 폐쇄할 수밖에 없는 지경에 이르렀다. 이를 전해들은 이씨는 지원을 자청해 이후 매월 보모 수당 25원 및 그 외 약간의 경비를 부담하며, 내색도 안 하고 유치원을 도와왔다. 지금은 원아도 34명으로 늘어 점점 발전하게 되었다.

부근의 사람들이 일개 직공의 몸으로 이러한 훌륭한 일을 한 것은 실로 감격할 만한 일이라며 칭찬을 하는 것도 지당한 일이다.

영쇄(零碎)한 임금으로
부모를 봉양하고 형제를 교육하다

경상남도 마산부(馬山府) 완월동(玩月洞)
방종환(方宗煥) 씨

올해 21세가 되는 방종환 씨는 빈곤한 가정에서 태어났다. 아버지 방용학(方容鶴) 씨는 태어날 때부터 빈혈증을 앓아 충분히 노동을 할 수 없었고, 어머니 또한 체질이 허약한데다가 부인병까지 앓아 병상에서 보내는 날이 많았다. 때문에 방씨 집안은 하루하루 입에 풀칠하기도 어려운 비참한 상태였다. 따라서 방 군은 겨우 통학하게 되었던 마산부사립학원(馬山府私立學院)도 중도 퇴학하고, 일가의 생계를 소년의 힘으로 지탱하려고 결심했다. 1926년부터 마산부 경정(京町)에 있는 호리우치(堀內)약국의 점원이 되어, 이후 성심성의껏 주인을 위해 일하는 한편, 병든 부모를 위해 매월 받는 영세(零細)한 급료 전부를 가정의 생계비로 충당하고, 나아가 남녀동생들을 마산부공립보통학교에 통학시켰다.

주인집인 호리우치 약국에서도 주인이 보든 안보든 열심히 일하는 방 군의 근무태도와 양친에게는 효를 동생에게는 친절함을 다하는 모습에 감동해, 거의 가족과 같이 대하였다. 그리고 가게 업무 일체를 방 군에게 일임하기에 이를 정도로 신용하였다. 이를 들은 이웃의 내지인과 조선인은 모두 현대에는 보기 드문 모범적인 청년이라고 칭찬하였다. 실로 감탄스럽고 상을 줄만한 청년이다.

과부 28년의 분투 끝에
가산을 일으켜 시부모를 봉양하다

충청북도 괴산군(槐山郡) 연풍면(延豊面)
이운승(李雲承)(여)

이운승 여사는 14세에 결혼했지만, 아직 신혼의 달콤한 꿈에서
깨지도 않았던 90일 후에 남편과 사별한 박복한 여성이었다.

보통의 여성이라면 아직 혼기도 차지 않은 연령이었기에 재혼을
하거나, 이혼을 하거나 하는 길을 선택하는 것이 당연했겠지만, 이
여사는 시집이 몰라볼 정도로 영락하고, 게다가 자신이 이혼까지
하면 늙으신 시부모는 어떻게 될지를 걱정하여 시집에 남았다. 그
리고 가운(家運)을 호전시키려 노력하면서, 시부모를 공양하는 것이
하늘이 지워준 자신의 운명이라고 씩씩하고 결연하게 마음을 굳혔
다. 그리고 친정으로부터 학자금을 받아 수원여자잠업전습소(水原女
子蠶業傳習所)에 입학하여 1년 만에 학업을 마치고 시집으로 돌아와,
잠업 교사가 되었다. 게다가 젊은 여성의 몸으로 종두원(種痘員)[29]

---

29) 종두는 천연두의 예방접종을 뜻한다. 일본에서는 1874년 종두의규칙(種痘醫規則)이
제정되어 종두를 행함에 있어 면허가 필요하게 되었다.

면허를 따서 28년간 동분서주하며 각지에서 활동하였다. 그러는 동안에도 정절을 지키고, 시종일관 부지런히 근무하여 일가의 생계를 지탱함은 물론 시부모에게 효를 다하여 오늘날에 이르렀다. 이러한 선행은 너무나도 숭고하기에 1931년에는 연풍면 동계(洞契)에서, 그리고 그 이듬해에는 고단사(講談社) 및 괴산군 명륜회(明倫會)에서, 1933년 2월 11일 기원절(紀元節)에는 지사(知事)로부터, 모두 절부효녀(節婦孝女)로서 표창 받았다.30)

30) 『조선총독부시정25주년 기념표창자명감』에 기념표창자 1184로 기재되어 있다.

일장기 정신을 철저히 하여
각 집에 나부끼는 국기

충청남도 대전군 유천리(柳川里)
조선가옥(朝鮮家屋) 157호

유천리는 가옥수 157호가 있는 순수한 조선부락이다. 올해 4월 28일 충청남도 도로 심사를 대비해 유천면장이 마을 사람들에게 부역을 시켰다.

하지만 마을 사람들은

"내일은 영광스런 천장절(天長節)[31]로 국기 계양을 못 한다면 국민으로서 치욕이 아닐 수 없습니다. 국기 계양 준비를 위해 하루만 말미를 주십시오."

라고 면장에게 부탁했다. 면장은 일리가 있다고 생각하고 이를 허락했다. 다음날 29일 천장절 당일에는 마치 성대(聖代)를 구가(謳歌)하고 국민정신을 떨치고 있듯 전 가옥의 처마에는 삼나무 봉의 끝에

---

31) 천장절(天長節)은 천황의 생일을 기념하는 휴일이다. 기원절(紀元節, 건국기념일), 사방배(四方拜, 1월 1일), 명치절(明治節, 11월 3일)과 너불어 제국일본의 4대 기념일이었다.

157개의 국기가 펄럭이고 있었다. 이는 마을 사람들이 얼마나 국기에 대한 관념에 눈이 떠 있었는지를 여실히 보여주는 사건이었다. 내지 마을에서조차 전 가옥에서 국기를 게양하는 것이 불가능한데, 조선의 마을에서 한 채도 남김없이 국기를 게양한 것은 인접하는 마을은 물론이거니와 생각 없는 내지인에게도 모범이 되었다.

각고의 노력으로
막대한 부를 축적해 빈자를 돕다

경성부 중림동(中林洞) 260
김동완(金東完) 씨

김씨 집은 실로 가난했다. 하지만 부모의 배려로 겨우 사립학교
에 입학할 수 있었지만, 얼마 안 돼 한 집안의 지팡이이자 기둥인
아버지를 여의고부터는 친척, 이웃의 도움 없이는 하루하루의 식량
조차도 걱정해야할 처지가 되었고 학교는 물론 퇴학하고 말았다.

가족들의 생계를 위해 일하지 않으면 안 되었던 김 소년은 비가
오나 바람이 부나 막노동을 쉬지 않았다. 나이가 아직 어린 김 소
년의 몸으로 춥고 더운 날의 익숙하지 않은 노동을 계속하는 것은
실로 슬프고 고된 생활이었다. 하지만 그런 노동으로 인해 일가는
겨우겨우 입에 풀칠을 할 수 있었다.

신도 이 정직하고 부지런한 소년을 버려둘 수 없었는지, 얼마 안
돼 어느 금은세공방에 견습공으로 고용되었다.

수습 시절도 녹록지는 않았지만, 김 청년의 의지 역시 굳었다.
근변함에 근면함을 더하고, 노력에 노력을 쌓은 보람이 있어 김 청

년은 훌륭한 직공이 되었다. 더구나 그 사이에 모은 저금은 개점 자본으로 충분했기에, 현재의 장소에 독립하여 가게를 열었다.

이후 근면이라는 배는 절약이라는 노를 달고 순풍에 돛을 단 듯 했다. 어떠한 거친 파도도 김씨의 노력 앞에서는 무력했으며, 가게 는 순조롭게 발전해갔다.

그 결과 김씨는 아직 48세라는 한창 일할 때에 이미 약 2만원이 라는 막대한 재산을 축적하게 되었다. 하지만 여전히 가업에 힘쓰 고 있다.

이것만 하더라도 실로 가난한 이들을 격려하는 훌륭한 입지전적 인 이야기이다. 헌데 더욱 김씨의 인격이 위대함을 느끼게 하는 것 은 땀의 결정체라고 할 수 있는 재산을 묻어두지 않고, 아낌없이 공공사업과 빈민구제에 사용한 점이다.

올해 2월 1일 옆집에 있는 고려양조장에서 불이 나서, 담을 맞대 고 있는 가옥 6채가 전소하고 천경수(千慶秀)와 5명의 가족이 하루아 침에 길바닥에서 방황하는 비참한 신세가 되었다. 이를 본 김씨는 바로 50원을 쾌척해 천씨 가족의 어려움을 도왔다.

또한 작년 송월동(松月洞)에 사는 빈민촌에서 화재가 발생했을 때 에는 백 원을 구제금으로 내놓았다. 나아가 빈민들이 경성부로부터 퇴거를 당하게 되어 아현북리(阿峴北里)의 산으로 이전하게 되자, 이 전비로 현금 천 원을 빈민들에게 나누어 주고, 이전 후에는 서당을 한 채 지어 기부하고, 우물을 파서 마실 물을 편히 구할 수 있도록 하는 등, 남몰래 많은 선행을 했다.

이러한 행동으로 김씨는 빈민들에게 신처럼 떠받들어지고 있지만, 티내는 법 없이 예전처럼 장인 정신으로 열심히 자신의 일만 열심히 할 뿐이다.

사재를 털어 서당을 세우고
육영사업에 힘을 쏟다

함경북도 온성군(穩城郡) 유포면(柔浦面) 남양동(南陽洞)
조기영(趙琪榮) 씨

　조씨는 그 인덕으로 인해 일찍이 1914년부터 구장(區長)에 선출되
어 역임하고 있다.

　이후 남양동 개발, 부민 지도에 전력을 다해 사람들의 신망도 두
터웠다. 남양은 조선 최북단의 작은 부락으로, 1913, 1914년 무렵에
아동 교육기관이 있을 리 만무했다. 때문에 소년들은 아무리 향학
열이 뜨거워도 도읍으로 나가지 않는 한 배울 수 없는, 실로 안타
까운 현실이었다.

　남들보다 육영사업에 열심이고 관심이 많았던 조씨는 이러한 상
황을 참을 수 없어, 동민을 설득하여 서당을 설립하기 위해 동분서
주했지만, 당시의 상황으로는 서당을 설립할 만한 여유가 없었다.

　하지만 그 정도로 의지가 꺾일 조씨가 아니었다. 마음을 굳게 다
잡은 조씨는 열심히 자신의 사업을 일구면서, 오히려 인색하게 여
겨질 정도로 절약·저축에 몰두하여 수년 사이에 상당한 재산을

축적할 수 있었다.

그러자 조씨는 수 년 동안의 힘들었던 것은 뒤도 돌아보지 않고 영세민 앞에 돈을 내놓고는 서당설립육영사업을 역설했다.

사람의 진심만큼 강력한 것은 없다. 조씨의 진지함과 훌륭한 태도에 마을 사람들도 감격해서 한 사람의 반대도 없이 진명서당설립의 뜻이 결정되었다.

때는 1919년 3월. 이렇게 되었으니 육영 사업에 몸을 바쳐달라는 주민들의 만류에도 불구하고 조씨는 구장직을 사임했다. 그리고 학교 교장에 취임하고 재무(財務)를 겸임하였다. 이후 9년이라는 긴 세월 동안 아동의 교양 함양과 서당의 기초 확립에 심혈을 기울였다. 특히 아동 교육에 있어서는 덕을 기르는 데에 중점을 두고 솔선수범하여 교화를 시켰다.

동 서당에서 배운 이 중에 아직 불경스러운 좌경(左傾) 청년이 없다고 하는 일례만 보더라도 육영가로서 조씨가 얼마나 용의주도했는지를 알 수 있다.

조씨는 1928년 나이가 듦에 따라 자신과 같은 옛날 사람은 더 이상 교육에 적합하지 않다고 하며 9년 동안 자식처럼 키워온 학교에서 사퇴해, 일개 고문으로서 조카인 구장(區長)과 함께 보통학교(普通學校)로 승격시키기 위해 동분서주하고 있다.

지금은 서당 이름도 배영서당(培英書堂)으로 바뀌고, 아동 수도 150여명, 자본금 약 2,000원을 보유할 정도로 성장했다. 보통학교로 승격할 날도 얼마 남지 않았다.

소년 야채 행상,
훌륭히 일가의 생계를 유지하다

경상남도 마산부(馬山府) 이봉운(李鳳雲) 군

이 군은 이제 겨우 12세의 소년이지만, 아버지 없이 홀어머니와 두 명이서 살고 있었다. 재산도 없고 어머니가 생선 행상을 하는 것으로 겨우겨우 입에 풀칠을 하며 보내는 가난하고 불쌍한 생활을 이어갔다.

그런데 홀어머니가 이번 봄 2월경부터 병상에 눕고 말았다. 어머니 약은 고사하고 모자는 하루 세 끼 식사마저 못하기 일쑤여서 곤란한 생활에 빠지고 말았다.

소년이기는 했지만 언제까지고 팔짱 낀 채 방관하고 있을 수만은 없었다. 자신이 일하지 않으면 어머니를 죽게 내버려둘 수밖에 없다고 생각한 소년은 결연한 의지를 다지고 매일 아침 일찍부터 시장에 나가 야채를 사들여 마을로 나가 행상을 했다. 그리고 집으로 돌아와서 피로한 기색도 없이 어머니 병상을 지켰다. 얼마 안 되는 행상의 이익으로 어머니 약값은 물론 두 사람의 식사도 해결했다.

이 소년은 불타는 듯한 여름날도, 비가 내리는 날도, 바람이 부는 날도 싫어하는 기색 없이 밤낮으로 효도와 행상을 게을리 않았기에 이웃들의 많은 동정을 받았다.

노력과 근검으로 부채를 상환하고
자력갱생으로 가세를 만회

임경래(林慶來)

임씨는 아직 21세의 청년이지만, 세상에 보기 드물게 노력하고 근검하는 사람으로, 그 노력은 현대의 청년들에게 모범이 되는 부분이 많다.

17세 때에 어버이를 여의고 남겨진 9명의 가족은 아버지의 부채 때문에 아무것도 못 할 정도로 불행에 빠져 있었다. 그때 임씨는 결심한 바가 있어 어떠한 곤란한 경우라도 굴하지 않고, 정신 바짝 차리고 어머니를 도와 많은 동생들을 돌보며 가세를 일으켜 세우겠다고 각오 했다. 우선 소유하고 있던 논을 팔아 아버지가 남긴 부채 1,200원 중에 800원을 변제했다. 그리고 잔금 400원은 채권자에게 말미를 구해, 갱생의 의지를 불태우며 부채를 갚고 가계를 바로잡기 위해 노력했다. 농가 진흥의 기본이라 할 수 있는 퇴비 제조, 종자 개량은 물론 각 방면의 개량을 통해 수확증가를 꾀했다. 그와 동시에 각종 부업에도 전심전력으로 노력하는 한편 금주와

금연을 단행하고, 육식을 안 하는 등, 악전고투 끝에 1932년에는 부채 전부를 변제하고, 동시에 매각했던 토지를 되사들여 기울었던 가세를 겨우 몇 년 만에 만회할 수 있었다.

임씨가 불타는 갱생의 의지로 대가족을 돌보며 분투하여 가세를 되세운 노력은 자력갱생의 모범이라 칭할 수 있을 것이다.

부상당한 아동을 구하고
빈곤한 가정을 동정하다

부산부(釜山府) 남부민정(南富民町) 이형우(李馨雨)

이씨는 마을의 번영, 자선사업 등을 위해서는 물질적 정신적으로 희생하고 봉사하여 공헌하는 사람이었다. 일찍이 부민보통학교(富民普通學校)를 설립함에 있어 천 원을 기금으로 기부한 적도 있었다. 그 성품이 원만하고 후덕해서 마을 사람들로부터 자애로운 아버지와 같이 공경 받았다.

그러던 작년 3월의 일이다. 마을에 이 군을 비롯한 수 명의 조선 아동이 길에 방치되어 있던 짐차에 모여 놀고 있었다. 그때 갑자기 차가 회전해서 이 군은 오른 다리의 제1 관절이 부러지고 수많은 상처를 입게 되었다. 너무나 많은 출혈이 있었기에, 서둘러 온 이 군의 부모는 아연실색하여 어찌할 줄 몰라 했다.

이를 전해들은 이형우 씨는 몰려들은 구경꾼들을 헤치고 들어가 부상을 입은 이 군을 등에 업고 병원으로 가서 입원시켰다. 다행히 한 달 만에 완쾌하였는데, 이씨는 그 사이에 병원을 찾아 친척 이상으로 위로를 하고, 입원비 120원을 지불했다. 더구나 빈곤했던 아이의 집에는 쌀 한 가마와 돈 10원을 보냈다.

이 군의 부모가 눈물을 흘리며 이형우 씨를 떠받들고 있는 것도 당연하다.

종을 설치해 아침 일찍 일어나도록 독려하여, 농촌의 자력갱생을 위해 노력하다

충청북도 청주군(淸州郡) 남일면(南一面) 노용우(盧龍愚)

청주군 남일면에는 향상회(向上會)라고 하는 것이 있어, 마을 주민들은 향상발전자력갱생(向上發展自力更生)을 위해 노력하고 있었다. 노씨는 향상회 창설과 함께 종을 설치해, 여름에는 오전 4시, 겨울에는 오전 6시에 기상하여, 스스로 종을 쳐서 마을 사람들을 깨웠다. 또한 소년단을 조직하여 지도했고, 나아가 마을의 집집마다 퇴비를 만들고, 양돈사육의 개량, 저축 등을 장려했다. 또는 자비를 들여 이발 기구를 구입해 자택 일부를 이발소로 만들어 마을 주민들에게 제공했다. 고무신을 금지하고 짚신 제작 및 착용, 색 있는 옷 착용을 장려하는 등, 자신을 희생하여 농촌의 자력갱생을 위해 노력했다.

따라서 그의 숭고한 언동에 대해 마을 사람들은 더할 나위 없는 존경과 경의를 표하는 것도 무리는 아니다.

효자, 묘 옆에 초막을 짓고
어머니의 혼백과 추위와 더위를 함께하다

강원도 춘천군(春川郡) 동내면(東內面) 사암리(沙岩里)
농업(農業) 이악종(李樂鐘) 씨

이씨는 가난한 집에서 태어났지만, 결코 순수한 인간성을 잃지 않고 있었다. 특히 어머니에 대한 효심이 두터워, 집에 있으나 밖에 있으나, 추울 때나 더울 때나, 의식주의 세세한 부분에 이르기까지 항상 주의하며 어머니를 보살핌에 게으름이 없었다.

어머니가 위병으로 오랫동안 병상에서 일어나지 못하자, 아내, 딸과 함께 한밤중에 가까운 절에 가서 정화수를 떠놓고, 하루빨리 어머니가 쾌유하기를 빌어, 어머니의 중병도 금세 나은 적이 있었다. 이를 들은 이웃 사람들은 이씨의 지극 정성한 효심을 입을 모아 칭송했다.

1931년 9월의 일이었다. 어머니가 86세의 고령으로 병사하자, 집에서 약 1km 떨어진 대룡산(大龍山)에 매장하였다. 그리고 그 묘 옆에 초막(작은 집)을 짓고, 장을 치룬 다음 날부터 초막에서 기거하며 어머니의 넋을 달래왔다. 어떠한 추위와 더위도 마다지 않고, 지금까지 계속해서 어머니의 넋과 함께 생활을 하고 있다. 도지사는 이러한 이씨의 효행을 향당(鄕黨)의 모범으로 여겨, 그 표창 방법에 대해 논의하고 있다고 한다. 실로 현대에 보기 드문 효행으로 상을 주는 것이 마땅할 것이다.

해적에게 남편을 잃은 후,
시부모를 모시고 가세를 회복하다

경기도 부천군(富川郡) 대부면(大阜面)
홍갑표(洪甲杓) 씨

홍씨는 올해 53세가 되는데, 16세 때에 대부면의 이수성(李壽成) 씨에게 시집을 왔다. 당시에는 상당한 재산도 있었기에 지방에서는 유복한 생활을 누리고 있었다. 그러나 지난 1907년에 불행히도 해적의 손에 의해 남편이 죽임을 당하고 나서부터는 가세가 기울기 시작했다.

부모와 이웃 사람들은 홍씨에게 재가를 권했지만, 홍씨는 시집을 와서는 시부모를 섬기고, 남편에게 정성을 다해야 하는 것이 부인의 도리이므로, 남편이 없는 지금 시부모에게 효도를 다해야한다며 단호하게 수절했다. 이후 가세 회복에 전념하여 매일 들에 나가 밭을 매고, 산을 일구는 등, 어떠한 고난과 가난도 견뎌내며 일한 결과, 오늘날에는 논 2,000여 두락(斗落), 밭 1,000여 평을 소유하기에 이르렀다. 이에 마을 제일의 절부 효녀로 칭찬이 자자하게 되었다.

다년간 마을 사람에게 의약을 베풀다

경기도 고양군(高陽郡) 한지면(漢芝面) 한강리(漢江里)
박원신(朴元信)

박씨는 한강리의 자산가로 경성의학전문학교를 졸업하고, 도쿄(東京)에서 유학하여 의과대학을 졸업했다.[32] 조선으로 돌아와서는 오로지 마을 사람들의 생활향상과 악습교정에 힘을 쏟아, 마을 사람들로부터 신망이 매우 두터웠다.

박씨는 마을의 교통이 불편하고 의료기관이 하나도 없다는 이유로 마을 사람들, 특히 가난한 사람들이 매우 고통 받고 있음을 불쌍히 여겨, 1931년 봄 이후 자택에 약품을 구비하고, 마을 사람들 중에 의사의 치료를 받을 능력이 안 되는 사람에게는 친절하게 무료진료를 행하고 약을 나누어 주었다. 더구나 한밤중이라도 부탁하는 사람이 있다면 기꺼이 그 집에 가서 환자를 진료해주었다. 이런 모습에 마을 사람들로부터 신처럼 공경 받고 감사히 여겨지고 있다. 실로 인술(仁術)이라 할 만하다.

---

32) 『대경성공직자명감(大京城公職者名鑑)』에 따르면 박원신은 조선총독부 의학교를 졸업했으며 일본에서는 조선총독부 관비유학생으로 교토 제국대학 의학과를 졸업했다. 귀국 후에는 고양군 한지면장을 거쳐 경성부회 의원을 지냈다.

8년 동안 가난한 아동들의
야학교(夜學校)에서 봉사하다

경상남도 마산부(馬山府)
권숙경(權肅景) 씨

권씨는 45세라고 하는 한창 일할 나이의 공무원이었다. 성격이 극히 온후하고 공덕심이 깊어 오랫동안 각종 사회사업에 힘을 쏟고 있었다. 무슨 일이든 솔선수범하여 일반 시민들의 모범이 되는 것을 항상 염두에 두고 있었다.

권씨가 거주하는 월영동(月影洞)은 대부분 조선의 사람들이 하루 벌어 하루를 살아가는 극빈자가 많았다. 때문에 그 자식들도 일정한 학업을 한다는 것은 꿈도 못 꿀 일이어서, 무학문맹(無學文盲)인 채로 노동에 종사하고 있었다. 권씨는 이러한 실태를 보고 아동들의 장래를 깊이 걱정하여, 앞장서서 교육을 위해 노동야학교를 설립하고 아동들을 교육하기로 마음먹었다. 그리고 1924년 5월에 야학교 설립 기성회를 조직하고, 먼저 금 300원을 기본금으로 출자했다.

이 선행을 전해들은 주민들은 크게 감동했다. 기성회를 위해 찬조 출사하는 자가 늘어, 얼마 되지 않아 약 2,000원의 기금이 모였다. 이러한 주위의 동정에 용기를 얻은 권씨는 월영동에 교사를 신축하여 1925년 9월에 개교하고는, 보통학교에 다닐 수 없는 빈곤아동을 받아들여 교육했다. 이후 오늘날에 이르는 8년간 전부 무보수로 빈곤한 아동들의 계몽을 위해 노력해 왔다.

  가르침을 받은 빈곤아동들은 권씨를 자애로운 아버지와 같이 공경하고, 일반 사람들 역시 교육계의 은인으로 항상 존경하며 감사하고 있다.

비가 오나 눈이 오나,
3년간 돌아가신 아버지를 공양하다

함경북도 경성군(鏡城郡) 용성면(龍城面) 봉암동(鳳巖洞)
이동헌(李東憲) 씨

이씨는 올해 59세로 과수원을 경영하는 사람이다.

"효도를 한다면 이씨처럼 해야 한다."

고 동네 사람들이 가정교육의 모범으로 이야기할 정도로 이씨는 부모에게 극진히 효도를 행하는 사람이었다.

그러니 아버지가 1930년 11월에 갑자기 죽었을 때, 이씨가 느꼈을 슬픔은 상상하기 어렵지 않다.

이윽고 장례식이 끝나자 생선이나 고기류, 술 담배를 끊고, 매일 아침저녁으로 2번씩 집에서 400m 정도 떨어진 묘를, 비가 오나 눈이 오나, 제사 음식을 차려 인사를 드리러 갔다. 이씨는 3년 동안 단 한 번도 이를 거르지 않았다.

이웃 사람들은 자녀 교육의 살아 있는 교과서라며 이씨의 효행을 칭찬하고 있다.

금의환향을 위해
박봉을 모아 천원을 저금하다

함경북도 경원군(慶源郡) 경원면(慶源面) 회동(檜洞)
권용락(權用洛) 씨

권씨는 계속되는 재계 불황의 파도에 떠밀려 1926년 고향인 경상남도에서 지금 살고 있는 곳으로 이주해 온 사람이다.

이주해 온 당시에는 직업도 없이 일용직을 전전하며 겨우 입에 풀칠을 하며 지내는 비참한 현실이었다. 그러다 다행히도 1927년에 지인의 도움으로 경원군청의 사환으로 일하게 되었다. 권씨의 기쁨은 이루 말할 수 없었다.

"우리 부부가 그리운 고향을 등지고 천리나 떨어진 이향에 이주한 것은 가세를 회복하기 위해서이다. 어떠한 고생을 하더라도 얼마간 돈을 모아 금의환향하여 쓰러진 집안을 다시 세우겠다."
라고 굳은 결심을 하고, 군청에서 열심히 근무하고 집에 와서는 새끼를 꼬아 짚신을 만드는 등 열심히 일했다. 아내 역시 남편의 뜻을 따라 장작을 줍고 다른 사람의 세탁을 대신 해주는 일을 했다. 이후 지금까지 부부가 같이 부지런히 돈을 벌어, 겨우 15원의 월급

중에서 12원 씩 저금해 현재 1,000원을 모으기에 이르렀다.

더욱 열심히 초지일관으로 노력하는 모습을 본 이웃 사람들은 실로 자력갱생의 모범이라며 입을 모아 칭찬했다. 그리고 권씨의 모습에 자극을 받아 각고의 노력을 하는 사람들이 많다고 한다.

반년 동안 이웃사람을 구제하다

경상남도 진해읍(鎭海邑) 경화동(慶和洞)
김분이(金分伊) 씨·장억수(張億守) 씨

위 두 사람은 둘 다 곡괭이와 쟁기를 손에 들고 농업에 열심인 사람이다. 그런데 어찌된 일인지 1931년 4월 옆집에 사는 손동오(孫東五)라는 사람이 행상에 나섰다가 돌아오지 않자 남은 3명의 가족은 당장의 생활에도 곤란을 느끼게 되었다. 이를 본 두 사람은 깊이 이 가족을 동정하고, 본래 유복하다고 할 수 없는 살림이었지만 힘을 합쳐 쌀, 보리 장작을 나눠 주어 이 가족을 구제했다. 이러한 선행은 실로 6개월이라는 긴 시간 동안 조금도 변함없이 계속되었다.

마침내 이웃 사람들도 이들의 선행에 자극을 받아 불쌍한 가족은 구제를 받게 되었다.

손씨가 6개월 후에 무사히 돌아와 두 사람에게는 물론 이웃 사람들에게 크게 감사한 것은 두말할 필요가 없다.

폐쇄된 학교를 구한 은덕의 신사

경성부 관철동(貫鐵洞) 2
김교준(金敎駿) 씨

1930년 봄의 일이다. 경성 창의문(彰義門) 밖 신영리(新營里) 소재 창의사립학교(彰義私立學校) 앞을 지나가는 조선인이 한 사람 있었다.

그 사람은 학교 문이 굳게 닫혀있는 것을 보고, 이상하게 생각하여 부근의 학교 관계자를 찾아가 그 연혁과 실태를 물어 보았다.

"그렇다면 어떻게 해서든 내 힘으로 학교를 되살려 봐야겠다."라고 주변사람에게 의향을 내비치자, 모두 이에 찬동하며 그 기특한 생각에 감탄을 금치 못했다.

그 조선인이 김교준 씨임은 말할 필요도 없다. 김씨는 올해 51세가 되는 지주로, 이전부터 여러 덕을 베풀어 와서 주위의 존경을 한 몸에 받는 인물이다.

그 후 김씨는 2년간 2,000원의 자금을 내놓아 보란 듯이 학교 부활을 이루어내었다. 더구나 매년 500원을 기부하여 학교 발전을 꾀하고, 아동들의 운동회나 학예회가 있을 때에는 앞장서서 상품을 등에 지고 학교를 찾는 일도 있었다.

또한 어느 날에는 성적이 우수한 생도 집을 몰래 찾아, 학생의 영특함을 칭찬하고 붓과 먹을 선물하는 등의 숨겨진 선행도 행했다.

학교 관계자들과 생도들의 부모는 김씨의 덕을 숭모하여, 1931년 9월 학교 정원에서 김씨의 기념비를 설립하고, 성대한 제막식을 행했다. 하지만 오히려 본인은 자신의 힘이 보잘 것 없음을 이야기하고, 발기인 등의 허례(虛禮)를 꼬집었다고 한다.

세상의 부자들이 자신의 영화만을 추구하는 지금, 이러한 지주가 한 사람이라도 있는 것은 국민의 사상 선도에 공헌하는 바가 적지 않을 것이다.

가련한 16세 소녀가
두부를 팔아 면학에 힘쓰다

함경북도 경흥군(慶興郡) 경흥면(慶興面)
유계옥(俞桂玉) 씨

유씨는 보통학교 6학년으로 아직 16세의 소녀이다. 하지만 불행하게도 집이 가난하여, 최근에는 수업료조차 제대로 내기가 쉽지 않았기 때문에, 불쌍하게도 퇴학하지 않으면 안 되는 처지에 놓였다.

유씨는 이를 안타깝게 생각하고 곰곰이 생각한 끝에 자신이 학비를 벌어 공부하기로 결심했다. 이후 읍내의 한 두부가게에서 두부를 사와 마을을 돌아다니며 팔아 얻은 이익으로 수업료와 생활비를 충당하고 있다. 이뿐 아니라 남는 4원에서 5원 정도의 돈을 경성사범대학교에 재학 중인 오빠에게 보내고 있다. 가난한 집에서 효자 난다고 하는 것은 실로 만고에 변하지 않는 금언이다.

늙은 몸을 사리지 않고
이웃을 구하기 위해 동분서주하다

경상남도 창원군(昌原郡) 귀산면(龜山面) 유산리(柳山里)
윤영패(尹永稗) 씨

윤씨는 71세의 노인이다. 예전에는 군수, 면장을 했던 적도 있으며 퇴직 후에도 항상 공공사업에 진력하여 일반 주민들에게 매우 존경받고 있었다.

한편 같은 마을에 82세 되는 윤치화(尹致花)라는 사람이 104세의 아버지와 같이 살고 있었다. 그 둘은 부양자가 없었기에 최근에는 노쇠와 빈곤으로 아사 직전까지 몰리고 말았다.

이를 전해들은 윤영패 씨는 크게 동정하며 그 자신도 여유롭지 않은 생활이었지만, 때때로 쌀과 조를 두세 말씩 보내어 이 둘을 도와주고 있었다. 더구나 늙은 몸을 사리지 않고 마을의 여러 집을 돌아다니며 동정을 호소해 결국 곡물 한 섬 다섯 말 넉 되, 금 10원 20전을 얻어 올해 1월 27일에 윤치화에게 보냈다. 듣기만 해도 눈물이 쏟아지는 미담이 아닌가.

열녀가 가세를 일으키고
사회 공공을 위해 사재를 기부하다

평안남도 강동군(江東郡) 삼등면(三登面) 봉의리(鳳儀里)
박기숙(朴基淑) 여사

여사는 올해 76세의 노인으로 많은 부를 이루어 무엇 하나 부족함이 없을 정도로 유복한 사람이다. 이는 전부 젊은 시절의 노력과 정절의 결과이다.

여사는 16세 때, 가난한 농부인 주기관(朱基觀) 씨에게 시집왔다. 본래 성격이 온순하고 성실했던 여사는 오로지 정절을 지키고 남편을 극진히 보살피며 자녀를 부양하는 모범적인 생활을 솔선하기를 십 수 년, 결국 오늘날의 부를 거머쥐기에 이르렀다.

더욱이 여사의 위대함은 부를 이룰수록 몸을 낮추어 사람들과 가깝게 사귀면서 친절하고 정중하게 지내는 것은 물론, 공공사업에도 힘을 다하여 재산을 의미 있게 사용한 것이다.

즉 1928년 삼등(三登) 공립보통학교의 학년 연장 이야기가 나오자, 앞장서서 2,000원을 기부하고, 그 사업을 원활하게 진행시켰다. 또한 1930년에는 삼등면 문명리(文明里) 내의 하천에서 교량이 없어 행인들이 불편함을 겪고 있는 것을 보고, 사재 1,300원을 털어 구룡교(九龍橋)를 지어 일반교통을 편리하게 했다. 같은 해 경찰관 주재소를 고칠 때에는 금 1,000원을 기증하고, 1932년에는 강동군내에 가장 유서 깊은 구적인 황학루(黃鶴樓)가 오랜 기간 방치되어 황폐화한 것을 보고, 금 1,000원을 들여 수리하는 등 그 공적은 일일이 열거하기 어려울 정도이다.

이에 여사를 크게 공경한 마을 사람들이 여사의 공덕을 영구히 칭송하기 위해 면내의 3개의 지역에 공덕비를 건립하기에 이르렀다.

한편 1933년 2월 11일에는 도지사로부터 그 선행을 표창 받고, 시계 한 개를 수여 받았다.

누구를 위한 미담인가

편 용 우

1.

본서의 원제목은 『조선인의 독행미담집(朝鮮の人の篤行美談集)』이다. '독행'이란 진심이 담겨 있는 행동이란 뜻이다. 조선헌병대 사령부에 의해 1933년 1월에 제1집이, 그리고 11월에 제2집이 출간되었다.

1929년에 세계를 강타한 대공황은 가뜩이나 관동대지진(1923년 9월 11일)으로 막심한 피해를 입은 후 불황에서 벗어나지 못하고 있던 일본 경제에 큰 타격을 입혔다. 더구나 중국에서 항일 운동이 거세지고, 일본 관동군이 관리하던 만주에서 입지가 좁아진 일본은 자국의 만주철도를 폭파하고 이를 중국의 소행으로 몰아세워 만주의 군벌 장쉐량(張學良)을 공격하였다. 1931년 9월 18일부터 시작된 만주사변은 1932년 2월 일본군의 상하이(上海) 점령과 만주국 건설로 일단락되는 듯 했다. 허나 국제연맹의 개입으로 만주국의 존립 및,

일본의 만주국 개입이 무산될 위기해 처하자, 일본은 1933년 3월 27일 국제연맹을 탈퇴를 선언하게 된다. 일본 군국주의의 시작과 태평양 전쟁으로 이어지는 기나긴 전쟁의 막이 오른 것이다. 여기에는 1932년 5월 15일에 정당정치를 이끌던 이누카이 쓰요시(大養毅) 수상이 군에 의해 살해당하는 쿠데타의 영향이 있었음은 말할 필요도 없다.

한편 조선총독부의 총독 우가키 가즈시게(宇垣一成)는 1931년부터 재임하면서, 황국신민화정책(皇國臣民化政策)과 농촌진흥정책에 중점을 두었다.

본서의 제1집 머리말의 '일본인의 잘못된 태도를 바로잡고 조선인을 깔보고 무시하는 언동을 배제해 존경심과 동정심을 불러일으켜 내선융화에 일조하기를 바라는 마음'이라는 글귀는 제1집이 다름 아닌 황국신민화정책의 선전의 일환으로 발간된 것임을 알 수 있게 한다. 그리고 그 대상은 역시 머리말의 '조선의 지식인 여러분도 우리가 뜻하는 바를 잘 이해해 서로 도와 합병의 목적인 이상의 관철에 협력할 것을 희망하는 바', '본 책자로 진정 조선인을 이해할 수 있는 이가 한 명이라도 많아지기를 열망할 따름'이라는 문장에 의해, 조선인 지식인, 즉 일본의 정책에 동조하는 조선인과 일본인이었음을 짐작케 한다.[1]

---

1) 조선헌병대 사령부는 『조선인의 독행미담집』 제1집을 1월에 간행하고, 4월에는 『조선동포에 대한 내지인 반성자록(朝鮮同胞に對する內地人反省資錄)』을 간행하였다. 이 책은 일본인이 조선인에게 행했던 인종차별에 대한 사례집으로 출간한 것이다. 정준영은 사례집에 대해 '1931년 만주사변을 계기로 일제의 대륙침략이 본격화 되

그런데 3월에 일본이 국제연맹을 탈퇴하게 되자, 조선헌병대는 재빨리 제2집을 준비해 출간한 것이다. 제2집의 서문이 많은 부분을 국제연맹 탈퇴에 대한 설명에 할애하고 있다는 점, 제1집이 '애국', '의용', '상심' 등 이야기를 분류해서 편집했던 것에 비해, 제2집은 그러한 분류가 보이지 않는 점으로 보아, 국제연맹 탈퇴와 함께 급박히 제2집을 준비했음을 알 수 있다. 그리고 제1집과는 달리 제2집은 한글 머리말을 같이 싣고 있다. 나아가 머리말의 시작에 '특히 조선 동포에게 바람'이라고 밝히고 있어, 이 책의 대상을 '조선인'으로 특정 짓고 있다. 일제는 국제정세의 변화에 따라, 식민지 조선인의 전쟁 참여를 내심 바라고 있었다. 일본제국은 '조선동포 제군의 희망에 발맞춰, 순차적으로 병역상의 내선공통을 기하기 위해'와 같은 제2집 머리말을 빌리지 않더라도, 장기적으로 조선인의 징병을 시야에 넣고 내선일체, 즉 식민지 조선의 황국신민화를 위해 본서의 제1집과 제2집을 간행한 것이다.

2.

본서에 가장 많이 등장하는 단어는, 정확히 세어보지는 않았지만, '자력갱생'이 아닐까. 그리고 그 주인공은 어린 소년, 또는 부인이다. 또한 그들이 자력갱생을 통해 얻은 경제력은 '헌금'이라는

는 시점이라는 것을 감안했을 때, 전쟁의 지속적인 수행을 위해서는 조선인의 역할이 절실하며, 따라서 이를 저해하는 조선인에 대한 차별적 대우를 철폐해야 한다. 이런 일본군부의 입장을 이 사료는 여실히 반영하고 있는 것이다.'(『오늘의 도서관』 236호, 국립중앙도서관, 2015년 10월, 15쪽)고 지적하고 있다.

행위를 통해 일제에 귀속된다. 나태하고 술과 도박만 밝히는 모습으로 그려지는 '조선의 아버지'들은 자식과 부인의 '자력갱생'의 힘에 감화되는 비슷비슷한 이야기들은 주소와 실명을 통해 구체화되고 설득력을 얻게 된다.

조선총독부는 같은 시기에 「매일신보」와 같은 관보를 통해서도 '자력갱생'으로 입신출세한 사람들의 사례를 보도하는 등, 농촌진흥정책 홍보에 열심이었다. 최희정은 「1930년데 '자력갱생'론의 연원과 식민지 지배 이데올로기화」(『한국근현대사연구』 63호, 한국근현대사학회, 2012년 12월, 167쪽)에서 두산그룹의 창립자 박승직의 일화가 「매일신보」에 소개된 일화를 인용하고, 선전방식의 특징을 다음과 같이 정리하고 있다.(위 논문 170쪽)

첫째 빈한한 가정의 청년이 열심히 '노력'한 결과 농촌진흥운동을 계기로 성공을 이룬다.

둘째 청년의 '근면'과 이것으로 인한 '성공'은 주변인물의 '나태'와 대비되어 더욱 부각된다.

셋째 앞에서 살펴본 특징은 『자조론』(사무엘 스마일즈의 저서 『Self-Help』, 논자 주)에서 자조하여 성공한 인물의 실례를 드는 방식과 동일하다.

최희정이 정리한 위의 세 가지 특징은 본서의 특징이라 해도 좋을 것이다. 한 가지 덧붙이자면 전술한 바와 같이 '헌금'이 이루어진다는 점이다.

1931년 만주사변과 관련해, 일본에서는 앞 다투어 헌금이 이루어지고 있었다. 후지이 다다토시(藤井忠俊)는 『갓포기와 몸뻬, 전쟁 일본 국방부인회와 국가총동원체제』(김시연 역, 일조각, 2008년, 원서는 1985년 이와나미 서점에서 출판)에서 이러한 현상을 '헌금현상'이라고 일컫고 있다. 후지이 다다토시는 1931년 11월에 1인당 5전의 회비를 모아 2001엔을 철모구입비로 육군성에 기부된 이른바 '철모헌금'을 시작으로 비행기 제작비용을 모으는 '애국기(愛國機)헌금'까지 구체적인 사용물품을 지정하는 모금방식의 특이함을 지적하고 있다. 그리고 이와 같은 헌금의 유행에 대해 헌금 모금을 주도했던 단체와 '헌금을 직접 군이 받으면서도 '국민의 열성'이라는 대의명분을 내세워 신병기를 충실하게 갖추고자 했던 육군의 생각과 맞아 떨어'졌기 때문이라고 지적하고 있다. 육군의 생각은 점차 헌금의 강요로 이어지게 되었고, 헌금 모금을 담당했던 애국부인회와 국방부인회와 같은 부인 단체들은 군과 행정기관의 협력을 얻어 할당된 모금액을 채우기 위해 노력했다.

3.

이와 같은 분위기 속에서 가난한 사람이 노력해서 벌어들인 적은 돈을 일본제국을 위해 헌금하는 '미담'이 만들어진 것이다. 그렇다면 과연 이 미담은 누구를 위하여 만들어진 것일까. 1에서도 밝혔듯이 황국신민화라는 목표 아래 일본인과 조선인을 대상으로 만들어진 이야기이다. 이 책을 읽었을 일본인은 기특한 조신인의 행동에 감동을 그리고, 조선인들은 노력해서 성공할 수 있다는 희망을 받았을까.

한 가지 분명한 점은 이 이야기에 아름다움을 느꼈을 사람들은 조선총독부와 조선헌병대 사람들이었을 것이라는 점이다. 지금 이 책을 접한 우리들은 군국주의로 치닫는 일제를 칭송하고, 가마니를 짜고 밥 한 숟가락씩 아껴 모은 코 묻은 돈을 군부를 위해 기증하고 하는 이야기를 미담으로 여기기에는 너무나 거리감이 있다.

그럼에도 이번에 자료총서로 기획하여 출판하게 된 것은 이러한 책과 자료 역시 곱씹어 봐야 할 우리의 역사라는 생각에서였다. 굳이 새마을운동을 들먹이지 않더라도, '자력갱생'이라는 말은 지금까지 우리에게 너무도 익숙한 말이다. 한창 반공 교육이 한참이던 시절, 누구나 무장공비에 입이 찢겨진 소년의 이야기를 외우고 있었다. 시대가 바뀌고 강산이 바뀌었지만, 역사가 반복된다는 점은 바뀌지 않는 사실이다.

[영인] 篤行美談集 第二輯

여기서부터는 影印本을 인쇄한 부분으로 맨 뒷 페이지부터 부신시오.

違なき程である。

之が爲一般面民の女史を敬慕する念は非常なもので、此の徳を永久に稱へる爲面内樞要地三箇所に功德碑を建立するに至つた。

尙昭和八年二月十一日には、道知事から篤行者として表彰され、置時計一箇を授與された。

女史は爾來一意貞節を盡し、克く夫を扶け、子女を撫育し、勤儉力行數十年、遂に今日の富をなすに至つたのである。

更に女史の偉大なのは、身富んで頭愈々低く、よく人と交つて親切叮嚀又公共事業に力を盡して財を有意義に使用することである。

即ち昭和三年三登公立普通學校の學年延長の議起るや、進んで金二千圓を寄附して、其事業を容易ならしめ、昭和五年には、三登面文明里内の河川に橋梁なき爲行人の難澁するを見て、私財一千三百圓を投じ、九龍橋を架設して一般交通に便益を與へ、同年警察官駐在所の修築せらるゝに當つては金一千圓を寄贈し、昭和七年江東郡内に於ける最も由緒深き舊蹟、黄鶴樓が永年放置せられた爲頽廢せんとするや、之に金一千圓を投じて修理を施す等、其功績は枚擧に

一五一

本年一月二十七日尹致花の一家に贈つた、聞くも涙ぐましい美談ではない
か。

◆ 貞婦克く家産を興し
　社會公共の爲私財を寄附す

平南江東郡三登面鳳儀里

朴　基　淑　女史

女史は本年七十六歳の老人で巨萬の富を擁し、何不足のない裕福な人であ
るが、之皆若い時の努力貞節の結晶なのである。
女史は十八歳の時貧しい農夫朱基觀氏に嫁したが、元來資性温順で勤勉な

慶南昌原郡龜山面柳山里

尹　永　秤　氏

尹氏は七十一歳の老爺であるが、昔は郡守、面長たりし事もあり、退職後も常に公共事業に盡瘁するので、一般面民から非常に尊敬せられてゐる。

同里に八十二歳になる尹致花と云ふ人が百四歳の父と共に住んで居るが、扶養者がないので最近には、老衰と貧困の爲、餓死に頻する様な有様であつた。

之を聞いた氏は痛く同情し。自ら餘り裕かでない生活中から、米、粟等二、三斗宛を時々惠んで救助して居たが、更に老の身を厭はず十數日間、里内各戸を奔走歴訪して同情を求め、遂に穀物一石五斗四升、金十圓二十錢を得て

一四九

せねばならぬ様な狀態となつた。

俞さんは殘念に思び、深く心に決し自ら學費を得て勉學を續け様と志し、邑内の某豆腐屋から豆腐を卸し受け之を邑内に行商して利益を得、自分の授業料其の他經費を支拂ふばかりではなく、殘金四圓乃至五圓を京城師範學校に在學中の實兄に送つて家計を助けてゐる。

家貧しくして孝子出づとは實に千古變らぬ金言である。

◎老いの身を厭はず
隣家の救助に奔走す

世の富豪等が一身の榮華にのみ腐心してゐる者の多い今日、かゝる地主さんの一人でもあることは、國民の思想善導上貢獻するところ尠くないであらう。

◇ 十六歳の可憐な少女

豆腐を賣つて勉學

咸北慶興郡慶興面

俞　桂　玉　さん

俞さんは普通學校の六年生で、未だ十六歳の少女であるが、不幸にも其の家庭は貧しく、最近は授業料さへ滿足に納める事が出來ず、可愛相にも退學

一四七

なる地主で從前から色々な德を施して附近の尊敬の的となつてゐる人である。

其後金氏は、二年間に二千圓の資金を醸出して、美事に學校の復活を圖り更に毎年五百圓宛を寄附して、發展に資し、兒童の運動會や、學藝會には自ら賞品を背負ふて學校に來たこともあつた。

又或る時は成績の優秀な生徒を其の家庭に訪れて、本人の英才を讃へ筆墨等を與ふる等數々の隱德を施した。

學校關係の人々や生徒の父兄等が、金氏の德を慕ふて、昭和六年九月學校の庭に金氏の記念碑を建て盛大な除幕式を行つたところ、本人は却つて自分の微力なるを述べ、發起人等に其の虚禮を忠告したと云ふことである。

京城府貫鐵洞二

金　教　駿　氏

昭和五年の春のことであつた。京城彰義門外新營里所在彰義私立學校の前
を通りかゝつた一人の朝鮮の人があつた。
其の人は、同校の門が鎖されてゐるのを見、不審を抱いて附近の學校關係
者を訪れ、其の沿革や現狀を質した上
『では何とかして、私の力で學校を復活して見よう』
との意嚮を近隣の人に洩らした所、皆贊同の聲を放つて、其の奇篤な申出に
感激した。
　前記金氏が、其の人である事は、云ふ迄もないが、金氏は今年五十一歳に

一四五

寔に哀れな有樣であつたのを見て深く同情し、二人力を協せて米、麥、薪等を與へ、其の家族を救濟すること、實に六箇月の永きに亙つて少しも變らなかつた。

近隣の人々も遂に之に刺戟せられて協力して救濟する樣になり、哀れな家族は完全に救はれた。

孫東五は六箇月の後漂然歸宅して兩氏はじめ近隣の人々を神の如くに思ひ感謝したのは素よりである。

◎閉鎖した學校を救ふ

隱 德 の 士

受けて、刻苦勉励する人が多いと云ふことである。

◇半歳の永きに亘り

隣 家 を 救 済 す

慶南鎮海邑慶和洞

金 分 伊 氏

張 億 守 氏

右両氏は何れも鋤鍬を執ってせつせと、農にいそしむ人々で、素より裕福と云ふのではないのに、昭和六年四月隣家の孫東五と云ふ人が、ごう云ふわけか行商に出たまゝ歸宅せず、後に残った家族三人は忽ち其日の生活に窮し、

氏の喜びは譬へるに物なく

『吾々夫婦が懐しい故郷を棄てゝ千里の異郷に移住したのは家産を復興せん
が爲で如何なる苦勞をしても纏った金を貯へ錦を着て歸郷し家産を復興せ
ねばならぬ』

と堅い決心の下に、郡廳に於ては克く勤め歸宅すれば繩綯、草鞋造り等をな
し、妻も亦夫の意に從って、薪木取り又は他人の洗濯物等をして、爾來今日
迄怠らず、眞の夫婦共稼ぎで僅か十五圓の給料中から毎月十二圓宛を貯金し
現在一千餘圓を貯へるに到った。

尚、孜々として初志を貫徹すべく努力を續けてゐる、此の有樣を見た、近
所の人々は眞に自力更生の好手本であると口々に賞讃しつゝ、これが刺戟を

◇錦衣歸鄉を望んで

薄給より千圓の貯金

咸北慶源郡慶源面檜洞

權　用　洛　氏

權氏は打續ける財界不況の波に追はれ大正十五年鄕里慶尙南道から、現在の所に移住して來た人である。

移住の頭初は職もなく漸く日傭勞働によつて其の日の口糊を凌ぎ、悲慘な狀況であつたが、昭和二年知人の世話で幸にも慶源郡廳の小使に就職することが出來た。

四一

『孝行するなら李さんのように』

と、面内の家庭教育の材料になる程氏は親孝行者であつた。

所が其のお父さんは昭和五年の十一月突然亡くなられた、その時の氏の悲

嘆は想像するに餘りある程であつた。

やがて野邊の送りが濟むと、魚とか、肉類とか、酒、煙草等を止めて毎日

朝晩二回宛家から四丁餘り離れた墓に、雨が降つても、雪が降つても、御供

物を持つて參拜に行く、李氏の姿を見ない日は三年の間一日もない。

近隣の人々は子弟教育の活教訓として李氏のこの孝行を讃へて居る。

一四〇

來ない貧困兒童を收容し、自ら教師となりて學業を授け、爾來八年間全てを無報酬にて貧窮兒童の啓蒙に努力して今日に至つた。教へを受けた無產兒童達は氏を慈父の如く敬仰し、一般の人々も亦教育界の恩人として常に尊敬感謝してゐる。

◇ 雨 露 霜 雪 を 冒 し

亡 父 の 供 養 三 箇 年

咸北鏡城郡龍城面鳳岩洞

李 東 憲 氏

李氏は本年五十九歲で果樹園を經營する人であるが。

一三九

つてゐた。

氏が居住してゐる月影洞は、大部分の朝鮮の人々がその日の生活に追はる

ると云ふ極貧者が多く、その子弟に所定の學業を修めしめると云ふ樣なこと

は、全く不可能なことで、無學文盲のまゝ勞働に從事せしめつゝあるので、

權氏はその實情を見、兒童の將來に深く同情し、これが敎養の爲に勞働夜學

校を設立し、自ら是等の兒童を敎養せんと、大正十三年五月夜學校設立期成

會を組織し先づ自ら金三百圓を基本金として出資した。

この篤行を傳へ聞いた住民達は大に感激し、期成會の爲に贊助出資する向

が多く幾日も經たぬ間に約二千圓の基金が集つた、周圍の斯る同情に勇を皷

した權氏は月影洞に校舍を新築し、大正十四年九月開校、普通學校に入學出

又依頼する者のある時は夜中でも、快く里民の家に行つて患者を診て遣るので、一般の人から神の如く敬まはれ感謝せられてゐる、眞に仁術と云ふべきである。

◇無産兒童の夜學校に
八年間無報酬の奉仕

慶南馬山府

權　蕭　景　氏

權氏は四十五歳の働き盛りの公吏であり、性質極めて溫厚で公德心に富み多年各種の社會事業に盡し、何事も實踐躬行し一般民の範となる心掛けを持

一三七

◇ 多年里民に醫藥を惠む

京畿道高陽郡漢芝面漢江里

朴　元　信　氏

朴氏は同地の資産家で、京城醫學專門學校卒業後、更に東京に遊學、醫科大學を卒業、歸鮮後專ら意を里民の向上惡風の矯正に注ぎ、信望極めて厚き人である。

氏は同里が交通不便で一つも醫療機關なき爲め、里民殊に貧しき人々は非常に之を苦痛としてゐるのを憐み、昭和六年春以來自宅に藥品を備付け、里民中醫師の治療を受くる資力のない者には、親切に無料診斷、施藥を行ひ、

170

時は相當の資産もあり、地方に於て裕福なる生活者であつたが、去る明治四十年同家は海賊に襲はれ、夫李壽成氏は不幸にも虐殺せられ、其後家産は次第に傾いて仕舞つた。

父母や近隣の人々は洪氏に再婚を勸めたが、嫁しては舅姑に仕へ、夫に盡すべきが婦人の道であり、夫亡き後は舅姑に孝養を盡さねばならぬと、堅く決心し節を持し爾來家産の回復に一意努力し、日々野に耕し、山に耘り、あらゆる困苦と缺乏に耐へ勤勞の結果、今日は畓二千餘斗落、畑一千餘坪を有するに至り、部落擧つて節婦孝女として賞讃してゐる。

一三五

葬の翌日よりこの小屋に起居して母の霊を慰め、如何なる寒暑も敢て辭する

所なく爾來今日も猶これを繼續し、母の霊と共に暮して居るといふことで、

この孝養は郷黨の模範とされ、道知事は、これが表彰方につき協議中だとい

ふ、現代には珍らしい孝道と推賞すべきものであらう。

◇ 海賊の爲に夫は虐殺され

舅姑に仕へ家産を回復

京畿道富川郡大阜面

洪 甲 杓 さん

洪さんは本年五十三歳であるが、十六歳の折前記大阜面李壽成氏に嫁し當

李氏は貧しい家に生れた、然し決してその純眞なる人間性を失はず、殊に幼少の頃より母に對する孝養の心厚く、珍らしい母親思ひで、家の内にあると外にあるとを問はず、寒暑の往來にまで母の上を思ひ案じ、衣服飲食物に至るまで、常に細心の注意を怠らず孝養を盡した。

嘗てその母が胃病の爲め久しく病床に臥してゐた時などは、その妻女と共に、夜牛附近の某寺に清水を捧げ、母の快癒の一日も早からん事を祈願し爲に、重病の母親も間もなく回復した事があり、近隣傳へて、一に李氏孝養の誠の致す所であると賞讃せぬはなかつた程である。

昭和六年九月の事である。この母が八十六歳の高齢を以て病死するや、自宅より凡そ十町を距る大龍山に埋葬し・その墓の傍に草幕（小屋）を設へ、埋

一三三

器具を購入し、自宅の一部を割き、之を解放して部落民の理髪所に提供し、ゴム靴を廢し、草鞋を製作使用せしめ、色服の奬勵に努力する等、殆ど身を犠牲として農村の自力更生に勤めてゐる。

從つて其の尊い氏の言動に對しては部落民は無二の尊敬を拂ひ敬慕してゐるのも無理はない。

◇孝子　墓側に草幕を建て
　　　　　母の靈と共に寒暑を慕す

農業　李　樂　鍾　氏
江原道春川郡東内面沙岩里

◇ 鐘臺を設け早起を勸め

農村自力更生に努力

忠北淸州郡南一面

盧　龍　愚　氏

淸州郡南一面には、向上會といふものがあり、部落民の向上發展自力更生に努力して居るが、盧氏はこの向上會の創設と共に、自ら鐘臺を設け、夏季は午前四時、冬季は午前六時に起床し、自ら鐘臺に上り鐘を鳴らし、部落民に早起を奬勵し、一方少年團を組織して自らこれを指導し、更に部落内戸別に堆肥を奬勵し、養豚飼育の改良、貯金の奬勵をなし、又は自費を以て理髮

一二一

め多くの外傷を負ひ、あまりに多量の出血に駈けつけた父母は啞然として爲す所を知らぬ有樣であつた。

之を聞知した、李馨雨氏は、多數の見物を押分けて、負傷せる李君を背負ひ、病院に入院せしめた、幸にも一ケ月許りにして全快したが此間李氏は時々病院を見舞ひ、親身も及ばぬ慰藉を與へ、入院の爲要した全費用百二十圓を支拂つて遣つた上、尚貧困の此一家を救ふ爲に、米一俵に、金子十圓を添へて贈つた。

李君の父母は涙を流して李馨雨氏を伏し拜んで居るのも尤もな事である。

◇ 負傷兒童を救ひ
貧困の一家に同情

釜山府南富民町

李 馨 雨 氏

李氏は町内の繁榮、慈善事業等の爲には、物質精神共に犠牲的奉仕を以て貢獻する人で、曾て富民普通學校設立に當り一千圓を基金として寄附し、其圓滿、厚德の人格は町民より慈父の如く敬慕されて居た。

偶々昨年三月町内李君外數名の朝鮮兒童が、道路上に放置された荷車に集つて遊んでゐた所、不意に車が囘轉したゝめ李君は右脚第一關節の骨折を始

一二九

之を返濟し、殘金四百圓は債權者の猶豫を乞ひ、これより燃ゆるが如き更生の意氣を以て、負債の償却、家政の挽囘に努力し、農家振興の基本とも稱すべき堆肥の製造、種子の改良に意を用ひ、その他各方面の改良施設を行ひ、收穫增加を圖ると共に、各種の副業に專心努力し、禁酒禁煙を斷行し、肉食を廢し、惡戰苦闘の末昭和七年、負債全部を返濟すると同時に、嘗て賣却したる土地を買戻し、傾きつゝあった家運を僅か數年の間に挽囘することを得た。

林氏がその燃ゆるが如き更生の意氣を以て、大家族を擁しつゝ奮闘家運を再興した努力は、自力更生の範とするに十分であらう。

◎ 勤儉力行負債を還し

自力更生家運を挽回

林　慶　來　氏

林氏はまだ二十一歳の青年であるが、世に珍らしい勤儉力行の士であり、その努力は現代青年の模範となる事が多い。

十七歳の折父を失ひ、遺された九名の家族は、亡父の負債の爲に、首も廻らぬ悲運に遭遇したが、林氏はこの時決心する所あり、いかなる困難に遭遇するとも、屈せず撓まず、母を勵まし、多數の弟妹を勞はり、家運の挽回を期せんと覺悟し、亡父の遺した負債一千二百圓の内八百圓は所有畓を賣つて

一二七

子が三度の食事さへ絶え勝ちで、全く途方に暮れて仕舞つた。

少年ながら何時までも手を拱いて傍観しては居られない、自分が働かねば

母を見殺しにしなければならぬ、と蹶然意を決した、李少年は、其後毎日早

朝より起き出でゝ市場に至り、野菜を仕入れ、町に之を行商し、帰宅するや、

疲勞も意とせず、病床に母を勞り、行商にて得た僅かの利益を以て、母の薬

代やら、二人の糊口の代に充てゝゐる。

焼け付く様な夏の日も、雨の日、風の日、倦む所なく、日夜孝養と行商を

怠らぬので、近隣より深い同情を受けてゐる。

千圓を擁し、普通學校に昇格の期も遠くない模樣である。

◇少年野菜行商

克く一家の生計を維持す

慶　南　馬　山　府

李　鳳　雲　君

李君はまだ漸く十二歳の少年であるがその家は母との二人暮しで、父もなく、資産もなく、母が魚の行商に依つて漸く其日其日の糊口を凌ぐ哀れ赤貧の有樣であつた。

所がこの一人の母親が今春二月頃から、病の床に臥した爲め藥は元より母

一二五

時に大正九年三月、茲に於て、氏は育英事業に一身を捧ぐべく洞民の切なる留任を辭して、區長を退き、同校の校長となり財務を兼掌し、爾來春風秋雨九年の永きに亘り一日の如く兒童の教養と、書堂の基礎確立に心血を傾注し、殊に兒童教育に當つては德育に重きを置き、實踐垂範以て薰陶に努めた。

同書堂で學んだ者の中からは、未だ嘗て忌はしい左傾青年を出した事のない一事を見ても、育英家としての氏の用意周到さは窺はれる。

氏は昭和三年漸く老境に入ると共に自分等の如き舊人は最早教育の材にあらずと九年間我子の如く哺みし學校を辭し、一顧問として從弟たる區長と共に普通學校に昇格せしむべく奔走してゐる。

今や同書堂は名稱も培英書堂と改められ、兒童數百五十餘名、基本金約二

人一倍育英事業に熱心敏感な趙氏がどうして默してゐることが出來よう、

洞民を說いて書堂設立に奔走したが、悲しい哉、當時の事とて之を設立する

丈けの餘裕がない。

然し此の位のことで初志を枉げる氏ではなかつた、心中深く決する所あり、

爾來自己の業務に精勵すると共に寧ろ吝嗇と思はる、位節約貯蓄に沒頭し、

數年の後には、相當の蓄財を得た。

茲に於て氏は先づ數年粒々辛苦の結晶を惜氣もなく、さらりと細民の前に

投出して書堂設立育英事業の急務を說いた。

一心程恐ろしいものはない、氏の此の眞劍、奇篤な態度に洞民も今更なが

ら感激して唯一人の反對もなく、立どころに進明書堂設立の議は決定した。

一二三

◈ 私財を投じて書堂を興し

育英事業に盡萃す

咸北穩城郡柔浦面南陽洞

趙　琪　榮　氏

趙氏は豫ての人望から大正三年選ばれて區長に就任した。

爾來洞の開發部民の指導に全力を盡し、一般の信望頗る厚かつた、南陽は朝鮮最北端の一小部落で、大正三、四年頃は兒童の教育機關等勿論ある筈はなく、少年等は、如何に向學の念が篤くとも都邑に出ない限り、學ぶに由なき寔に氣の毒な有樣であつた。

又昨年松月洞の土幕部落が火災を起した際にも百圓の救濟金を出してをり更に右の土幕民が府から立退を命ぜられて、阿峴北里の山地に移轉の際には、移轉費として現金一千圓をその人々に分け與へ移轉後の部落に書堂を一棟建設して寄附し或は井戸を堀鑿して飲料水の便を計るなど數々の隱れた篤行がある。

かような有樣で氏は土幕居住者から神のように敬慕されてゐるが、格外慈善を衒ふ素振も見せず、昔ながらの職工氣質で營々として、自己の業にはげんでゐる。

爾來勤勉の舟に節約の楫、順風に帆を擧げた氏の努力の前には世の荒涙も

何かは、とん／＼拍子に店は發展して行つた。

そして氏は未だ四十八歳の働き盛りであるが旣に約二萬圓の巨財を蓄へ尙

相變らず、孜々營々として家業に勵んでゐる。

之だけを見ても將に懦夫を起たしめ得る立派な立志美談であるが、更に氏

の人格の偉大さは此の汗の結晶と云ふべき、財力を死藏せず、どし／＼公共

事業やら貧民救濟に用ふる點にある。

たま／＼本年二月一日隣家の高麗釀造場から發火して接續家屋六戸を全燒

し千慶秀外五家族は一朝にして路傍に彷徨する悲慘な境遇に陷つたがこれを

見た同氏は直ちに五十圓を喜捨してその急場を救つた。

一家の者が生きんが爲めには金少年が働くの外はなかったので、雨の日も、風の日も、苦しい日稼勞働を續けた。年末だ幼い金少年の身には、寒い日、暑い日の此の馴れぬ勞働は、實に悲しい、つらい生活であったが、それでも此の勞働によつて一家はどうやらこうやら口糊を凌いでゐた。

神が此の正直な勤勉な少年を捨てゝ置く筈はない、間もなく或る金銀細工屋に見習工として雇はれることが出來た。

此の修業も亦並大低ではなかったが、金青年の志は堅かつた、勤勉に勤勉を重ね、努力に努力を積んだ甲斐は現はれて一人前の立派な職工となり、而かも其の間に積んだ貯金は十分に開店の資本となつて現在の所に獨立で店を開いた。

二一九

も範を垂れた。

◎ 刻苦、よく巨萬の
　　富を得て、貧者を救ふ

京城府中林洞二六〇

金　東　完　氏

金氏の生れた家は貧しかった、でも親の情で漸く私立學校に入學したが、間もなく一家が杖とも柱とも賴む父親を失つてからは、親戚、隣人の助ける人もなく、其の日の糧にさへ困る樣になり、學校は勿論それきり退學して仕舞つた。

188

柳川里は戸数百五十七戸を有する純然たる朝鮮部落であるが、本年四月二十八日忠清南道道路審査に備へる爲めに、柳川面長が里民に賦役を課した。

所が里民達は

『明日は光榮ある天長節で國旗が掲揚出來ない樣では國民の恥辱であるから、その準備の爲め一日猶豫を願ひたい』

と、面長に申出でたので、面長は尤もな申出でゞあるとこれを猶豫した。翌二十九日天長節の當日全家屋の軒端には、杉丸太の頂きに飜る百五十七本の國旗が、聖代を謳歌し、國民精神を發揚し、面民がいかに國旗觀念に目醒てゐるかを如實に示し、內地人部落に於てすらともすれば全戸の揭揚は不可能なのに一戸殘らず國旗揭揚の實を揚げ隣接部落は勿論のこと心なき內地人に

一一七

り、更に若い女性の身を以て種痘員の免許を受け、爾來二十八年間東奔西走各地に活動し、其の間貞節を守り、終始怠りなく勤勞して、一家の生計を支へ、舅姑に孝養を盡し、今日に至つてゐるが、其の篤行餘りに崇高なので昭和六年には延豐面洞契より、其の翌年には講談社及槐山郡明倫會より、昭和八年紀元節には知事より、何れも節婦孝女として表彰されて居る。

◆日の丸精神徹底し 各戸に飜る國旗

忠南大田郡柳川面柳川里

朝鮮家屋一五七戸

忠北槐山郡延豐面

李　雲　承　女

李雲承女史は十四歳で結婚したが結婚の夢まだ醒めぬ九十餘日後に夫に死

別した薄幸な女性であつた。

普通の女性ならば、まだ婚期にも達しない樣な年齡であるから、再婚するか

離緣するかの道をとるのが當然であるのに、彼女は婚家が、見るかげもなく

零落し、自分が離別したならば老いたる舅姑の身の上はどうならうかと案じ

られるので、止まつて家運の好轉を圖り、舅姑を養ふのが天より下されたる

自分の勤めであると蹶然として健氣にも意を決し、實家より學資を求め、水

原女子蠶業傳習所に入學し、一年の學業を終へて婚家に歸り、養蠶敎師とな

一二五

り馬山府京町堀内藥店の店員となり、爾來誠心誠意主家の爲に精勵し、一方
病父母の爲に、毎月受る零細なる給料全部を家庭の生計費に充て、かつ弟妹
を馬山府公立普通學校に通學せしめてゐる。

主家堀内藥店に於ても方君の蔭日なたなき勤務ぶりと、兩親に孝、弟妹に
親切なる篤行に感じ、殆ど家族同樣に扱ひ、店務一切を擧げて、一任する迄
に信用し、近隣内鮮人の傳へ聞く者は、現代には稀なる模範青年として賞讃
してゐる、誠に感ずべく推賞すべき青年である。

◎寡婦二十八年の奮闘
　家産を興し舅姑に孝養

◇ 零碎の勞銀にて
父母に孝養妹弟を教育

慶南馬山府玩月洞

方　宗　煥　氏

　方宗煥氏は今年二十一歳であるが、貧困なる家庭に生れ、實父方容鶴氏は性來の貧血症にて十分なる勞働をなすこと能はず、加ふるに母も亦體質虛弱なるが上に、婦人病を患ひ、臥床の日多く、爲に方家は其日の糊口にも窮する悲慘なる狀態となり、從つて方君は、漸く通學しつゝあつた馬山府私立學院をも、中途退學、一家の生計を少年の腕にて支へんと決心し、昭和元年よ

二二三

之丈けでも立派な立志美談で、徒らに不景氣を喞つて、働かぬ人々には實によい清凉劑であるのだが、更に感心なのは氏は決して守錢奴ではなかつた。

昭和七年三月梨泰院里耶蘇教禮拜堂附屬幼稚園が不景氣の爲め維持困難に陷り、閉鎖の止むなきに至つたと聞き、自ら進んで其の支援方を申出で爾來毎月媬母の手當二十五圓及其他若干を負擔し、何くれとなく、之を助けたので今では園兒も二十四名に増し、追々發展する樣になつた。

附近の人々が一職工の身を以て、此の篤行をなすは、實に感激の外はないと賞めるのも尤もである。

ものが多い。

氏は十二歳の時、杖とも柱とも頼んで居た父を失ひ、それから後は母と共に赤貧に追はれて、具に世の中の辛酸を嘗めた。

十五歳の時から漸く龍山のあちこちの鐵工場に傭はれる樣になり、僅かの收入を以て感心にも母を養つてゐた、身は貧しくとも心は正しく、然も孝心深き氏に對し幸運の女神はいつしか其の微笑を向けそめた。

大正八年京城府漢江通龍山工作株式會社に傭はれて以來、其の熱心正直な仕事振りに、すつかり感心した、同社の社長は、氏に工事の下請負をさせたが始りで、以來順風に帆を上げる樣に、稼いでは貯め、稼いでは貯め、昨今では約五千圓餘の貯金さへ持つに至つた。

二一

て、容易に實行出來なかつたが、南寶鉉氏の發案により、公休日を廢し、そ
の勤勉所得を獻金すべく店主の了解を得、公休日を利用し他の内地人と共に
共同賣上金百一圓を得、この純益二十圓二十錢を三月十四日朝鮮防衞兵器購
入基金として獻金した。

◎ 一職工の身を以て
　　幼稚園を閉鎖の運命より救ふ

京畿道高陽郡漢芝面梨泰院里

李　昌　順　氏

李氏は龍山工作株式會社の一職工であるが、其の行ひには、寔に感ずべき

一一〇

◇公休日の勤勉所得を

國防費に獻金す

忠南大田邑春日町

百貨店々員　南　　寳　鉉　氏

同　　　　　梁　　慶　智　氏

同　　　　　柳　　海　淵　氏

右の三氏は大田ひふみ百貨店の店員として勤務し、店主の信望殊に篤く、附近の内鮮人共に主從關係の密接なるを賞揚しないものはない位である。

時局や國際關係が惡化し、日本の立場が難局に立つて居るといふ事を知つた右三氏等は、何とかして國防の爲めに獻金したいと考へたが薄給者の事と

一〇九

之を繼承した氏は、本年四月全債務者に對し貸金全部を棒引にする旨言明し、借用證書全部を返還してやった。

父の死後財界の不況と水害等の爲め氏の家計も亦昔日の如く裕福でない事をよく知つて居る面民は、氏の此の勇斷に對し、神の如く尊敬した。

殊に債務者及附近面民等は其の德を慕つて、之を永く後世に傳へる爲め、同氏の家の裏庭に頌德碑建設を計畫し、發起人八名は八十八名の贊同者から金六十三圓八十錢の醵金を得、本年五月二日工事に着手した。

金氏は同日右九十六名を招待し、席上右人員を以て組合を組織せしめ、其の基本財產として田畑九段步を與へ、將來各種社會事業に貢獻せしむることとしたさうである。

◇十餘萬圓の債權を抛棄し

窮民を救濟した豪農

咸南定平郡廣德面新川里

金　仁　煥　氏

金氏の家は代々同地方の豪農で、殊に其の亡父は非常な慈善家であつたので深く部落民から崇敬されてゐた。

そして其の存命中面內の貧困者二百餘名に對し、元利合計十餘萬圓の貸金があつたが、哀れな農民貧困者の生活狀態に深く同情した、氏の亡父は、總て之を抛棄する旨遺言して此世を去つた。

一〇七

『死んでしまへ』とか

『どこへでも出て行け』とか

惨酷な言葉を浴せかけた。目こそ見へないが之を耳にし、いかにも心外で堪

らず、一念發憤し、盲目ながらも、手さぐりに叺織を習ひ、間もなく他の眼

明きも及ばぬ程の巧者となり、やがて妻帶し、年々嵩みに重なつた負債を辨

濟し、反對に相當の貯蓄をもなすに至つた。

之に驚異の目を見張つた近隣の人々は痛く感動し、朴氏を師として何れも

皆叺織の副業に精勵する樣になつた。眞に自力更生とは、朴氏の如き目明き

も及ばぬ發憤の努力を云ふのである。

萬言よりも遙かに實質的効果の多大なるものがある。

◇盲人の發憤家債を
辨濟し、叺織の師となる

京畿道富川郡素砂面

盲人　朴　炳　吉　氏

朴氏は今年二十七歳の盲人である、貧困なる家庭に生れたばかりでなく、四歳の折失明し、爾來二十歳に至るまで、何のなす事もなく盲目のまゝに徒食してゐた。所が座して喰へば山をも空しの譬への如く、さらぬだに豊かでない家庭は、年と共に借財が嵩み、家人は自然に朴氏を邪魔者扱ひにし

一〇五

小作人等も亦その德に感じ、小作に精勵しつゝあつたが、昨年十一月、小

作米納入期に際し、右朴英春氏は若林氏の德を讚へ、その記念碑建立方を小

作人一同に諮つた所、平素から若林氏を親の如く敬慕して居る小作人のこと

とて、一人の反對者もなく、卽座に七十餘圓醵出せられた。

そこで直に其基工に着手し、同年十二月高さ五尺、幅一尺の『若林惠施記

念碑』を建立し、地主若林氏の德行を讚へその裏面に

公置田庄　履行以義　惠我作人　感服其仁

齊家待擧　勒石而頌　蒔容謂親　永圖不湮

と刻して居る、若林氏の篤行も、素より稱すべきであるが、地主と小作人と

の關係の動もすれば疎隔し易き今日、斯る小作人多數の善行は內鮮融和の百

202

◇地主の篤行に感激

小作人等紀念碑建立

朴英春氏外百餘名

朴氏外百餘名の人々は、大田邑本町二丁目、若林茂氏の小作人であるが、若林氏も世にありふれたる強慾地主でなく、常に小作人を愛し、舎音制度を廢し、小作人の負擔を輕減し、不作の折には小作料を低下し、肥料代の如きは無利息を以て貸與する等、常に小作人の爲めに多くの犧牲を拂ひつゝあつた。

金氏の家庭は、父母兄弟等八人の家族であるが、父は病弱の為め生計困難であるので、氏は弟と共に働き、協力よく家計を助けてゐた。

ところが昨年十二月氏の母林氏は婦人病の為め出血甚だしく、瀕死の狀態に陷つた。

驚き悲しんだ氏は、何の躊躇する所なく、直に自己の左手無名指を切斷して血液を搾り母に與へたが、出血多量の為め一時卒倒した程であつた。

然し氏の孝行は神に通じて、幸にも母は之が為め蘇生し、漸次快方に向つて居る。

之を知つた京城府東部方面事務所では、近く孝子として表彰する樣に手續中である。

人が水泳に集るが誤つて度々溺死者を出すことがある。

氏は之を遺憾に思ひ、色々其の防止方法を考へた末、數年前自費百五十圓を投じて小舟を造りて水泳者の救護用とし、又自發的に費用全部を負擔して之が爲幾多の人の溺死を未然に防ぐことが出來、邑內の人々何れも氏の美德に感激せぬはない。

毎年七、八の兩月は救隊班を組織して、溺死者の豫防に努力した。

◇ 指 を 切 り
鮮血を以て母を救へる孝子

京城府孝悌洞

金 健 培 氏

一〇一

◈ 小舟を建造して

溺死豫防救護をなす

慶南晋州邑錦町

醫生　姜　雲　秀　氏

姜氏は本業の傍ら、漢藥商を營み相當の資産を持つて、八名の家族と共に平和な生活をしてゐる人であるが、性慈悲心に富み、公益の觀念强く、年々の傳染病流行期には、率先して無料診斷、施藥をして、常に邑民より敬慕されてゐる。

晋州邑内を流るゝ南江は、水泳に適してゐるので、毎年夏になると多數の

206

兵隊様の御話を聞いて大變有難く感じました。

そこで昨年の五月から皆で毎日叺織をして一枚織つて一錢丈を貯金し紀元

節のおめでたい日を記念に御送りすることにしました。

まことに僅かの御金で恥しいことですがこれでも　天皇陛下に萬分の一で

も忠義が出來れば本當に　喜しいことです。

どうぞ滿洲に居る兵隊様に御送り下さい。

昭和八年二月十一日

唐津郡汀川公立普通學校

第六學年生一同』

九九

汾川普通學校の六年生諸君一同は豫て先生から聞く、滿洲に於ける皇軍辛
苦の有樣に感激し、吾々も亦日本臣民たる以上何とかして、之に報ひねばな
らぬと皆で相談した結果、たとへ僅かでも一同の汗と努力の結晶を皇軍に送
らう、之が又自立自營の精神にも合致すると、健氣にも覺悟を定め、昨年五
月以來其の遊びたい盛りの身を以て、燒けつく樣な暑い夏の日も、身を切る
樣な寒い寒中をも厭はず、學業の餘暇孜々營々として吚織に專念し、一枚一
錢宛を貯金すること實に九箇月餘、其間一人の怠ける者もなく働いた結果、
八圓五十錢を得、二月十一日紀元節の佳節を卜して此の貴い金に次の手紙を
添へて憲兵隊に郵送した。

『私共六年生一同は先生から常に國家の爲に寒い滿洲に行つて働いてゐる

◇叺を織つて獻金する

小　學　生

忠南唐津郡沔川公立普通學校

第六學年生一同

滿洲の野に、蒙古の沙漠に、氷雪を侵し、酷暑を凌いで、活躍する皇軍の姿が、如何に強く、純眞な小學生等に響いたかは、全國の津々浦々から集まる慰問品や、手紙や獻金等でも大凡之を想像し得るが、中にも此の沔川普通學校の六年生が其の貧しい中から、自らの汗で作つた金を獻金した有樣などは特に感激せずには居られぬものである。

九七

副業に従事して男子を鞭撻し婦人會現在の貯蓄六百二十圓が一千圓に達した

ならば婦人會の共同耕作田を買入れ男子の向ゝを張つて一人立ちの出來る模

範村を築き上げやうといふ規模は小さくとも遠大の計畫のもとに勇躍を續け

てゐる。

　　　　─一─

　その間に會員相互に慶弔の事故が起れば十錢宛つなぎ合はして、義捐し、

全員總出で慶弔を共にし、虛禮や冗費は一切省き、その他あらゆる美風を涵

養して輝やかしい行進を續け、曩には助成金を下附されるなどの光榮に浴し、

今や模範村として全鮮の更生陣に一異彩を放つてゐる。

それに冬期に入れば叺を織り、昨年の如きは實に二千七十枚の叺を生産し

一人當り最高六百枚も織り上げた凄腕さへあり、その間には叺織に絡る涙ぐ

ましいエピソードさへある、何しろ乳呑兒を抱へたものが多く子を背負ひな

がら織るもの留守居の老婆に預けて身輕になつて集るもの、側にねかして泣

く兒をあやしながら織るもの、兎に角負けまいとの一念から夢中になつて競

爭的に織り、中には日が暮れて我家に歸れば、愛する乳呑兒は、乳にもあり

つけず、泣き疲れて眠つてゐる、その可憐な姿に母親は泣かされるといつた

樣な悲劇まで織り交ぜでゐるといふので白女史は瞼を熱くしながら語つてゐ

る。

これに昨年からは養蠶の共同掃立や刺繡まで始めてゐる、兎に角多角的の

九五

最初は村人達からひどく嘲笑もされ妨害さへ受けたが不撓不屈の固い覺悟と努力は漸次認められ、これに力を得て翌年春五反歩の小作地を借り入れて共同耕作を始め、家事の暇を割いて出役し、種播きから田植、除草、配肥、收穫まで女子だけでやりとげ十石四斗も收穫をあげた。

かくて汗の功德を覺えた會員達は、漸次熱を加へて稼ぎ出し、爾來共同耕作畨の肥料も自足自給を圖り四十二會員は洗足で鉢巻しめ上げて甲斐々々しく野に出て草を刈り一千二百貫の堆肥を製造して村の男達の鼻をあかした、

その傍ら郡畜產組合の指導を受け百五十羽の雛を仕入れて養鷄を始め豚まで飼ひ出した、現に少きも數羽多きは三十羽も飼ひ毎月十五個宛の鷄卵を集めて共同販賣、婦人會の基本金として二百三十六圓も積み立てられた。

曾ては内房の奥深く隠れて出でなかつた農村の女性が、自力更生の警鐘に目醒めて、奮ひ立つた朗らかな田園の佳話。

京畿道坡州郡靑石面吾道里は僅か四十一戸の小部落で先年まではお話にならぬ程の貧乏村であつた、もとより自覺もなく人材もなく、眼を醒まして吳れる何等の刺戟もなく、徒らに惰眠を貪り續けたものである、そこに天女の如く躍り出で舊習を蹴破り奮然として起ち自ら指導に當つた一女性があつた、その人こそやがて慈母として仰がれる白女史であつた。

女史は昭和四年十一月洞里の婦人を合して婦人會を創立し、先づ屋外勞働の勵行をスローガンとして會員を屋外に動員し男子の領域に活動せしめ農閑期には叺織に、織物に、養鷄、養豚の副業を奬勵したのであつた。

尚旅費を與へて歸らせた者も澤山あつて、本年一月迄に支給した旅費は實に百八十餘圓に及んでゐる。

尚寄るべのない老衰男女六名をも昨年三月から自宅に止宿させて養つてゐる。

其の奇篤な神の樣な行ひは近隣の敬慕の的となつて居るのも無理はない。

◇ 輝く、農村の女性

全村の惰眠を破つて自力更生

京畿道坡州郡青石面吾道里

白福業女史

である。かな『メロデー』は經濟國難の聲も知らぬげに高らかに附近に響き傳はるの

◇滿洲事變の避難同胞を

慰撫する救ひの手

新義州府彌勒洞

宋　啓　夏　氏

宋氏は醫を業とする人であるが、生來情け深く、殊に昨年滿洲事變勃發の爲め、哀れにも多年の地盤を捨てゝ滿洲から避難する朝鮮同胞に對し深く同情し、已に百餘名を其の自宅に一泊乃至二泊せしめ、又病者には無料施藥し、

九一

と、叫んで會員に徹底させた、會員は亦眞劍に、校長先生の言葉を守つた結果得た穀物と貯金とは、易々として昨年の窮況を切拔けることが出來た。

感奮の力、指導の力、團結の力は強い、更に本年三月更生の意氣に燃える婦人の發起に因つて全鮮にも誇り得べき龍城婦人會は設立された。

そして、其の目的である會員の親睦、智德の研鑽、良風美俗の助長、副業の振興、生活改善、婦德の修養等、今では確實に實行せられ、節米貯金、行商利益貯金は勿論、色服絕對着用と、處女部の野菜實習地百五十坪、婦人部の麻作地百坪を購入して團體的講習に餘念がない。

鏡城郡守は痛く此の努力を喜んで婦女會歌を作曲して獎勵に努めてゐる。

春の植付けに校長先生の指揮の下に一糸素れず、苗を植付ける會員の朗ら

216

を選ぶより他になかった。

窮すれば通ず、奮然として起つたのが此の婦人會の前身婦人夜學會であつた、農耕に河川工事に、又行商等、晝間の勞を忘れ、期せずして普校へ、普校へと足を運び夜學の傍ら、窮狀を語り合ひ、生活に悩める可憐な彼女等の姿に痛く同情の涙を注いだのは傍島校長であつた。

爾來校長は夜の目も寝ずに考へた結果、

『よし、統制ある訓練だ』

と先づ自力更生の第一聲は洩れた、そして、

『皆さん朝夕一匙宛の節米をして貯穀しなさい、行商の方は自宅で、賣値を定めて、より以上の利益は總て貯蓄しなさい』

八九

◎閨房を破る婦人
男子に魁け自力更生

咸北鏡城郡龍城面
龍 城 婦 人 會（會員 六十二名）

婦人解放、自力更生の呼び聲の高い折柄、世論をよそに理想郷建設への躍進に專念する、感心な婦人會の話。

昭和六、七年と打續いた凶作に咸北一圓に亙る農村の窮狀は、實に目も當てられないものがあつた。豐饒を以て誇る輸城平野も亦どうすることも出來ず、徒らに手を拱いて餓を待つか、進んで運命を開拓するか、其の二途の一

218

京城に來たが、一人の知己もなく加ふるに、內地語は片言も解し得ないので途方に暮れてゐた所、京城府西四軒町高野山別院住職澤光範師がこの事情を聞き、鄭氏を同院に引取り、我子の如く愛撫し爲めに昭和四年には自動車運轉手の免許を得、爾來內地語にも通じ、自動車運轉手として生活し、收入の一部を割き共濟無盡會社に貯金し、昨年九月此の貯金中の一千圓を、社會事業の資にもと報恩の意味を以て光範師に提出した。

人情紙よりも薄い今日、報恩美談として光範氏は勿論、近隣の人々も深く感動した。

◎寄邊なき身を救はれて

感恩報謝の寄附金

京城府岡崎町　京城菓子會社内

鄭　然　澤　氏

感恩報謝といふ事は、誰でも當然しなくては人間でないと云はれて居るが、咽喉元過ぐれば熱さを忘るゝの譬の如く、その窮したる際受けたる恩惠に對しては、誰しも感激し『死んでも忘却いたしません』などといふものであるが、年月の經つまゝに、何時とはなしに閑却する例が乏しくない。

鄭然澤氏は本年二十六歳の有爲の青年で、今より十一年前單身職を求めて

この樣な困苦の中にも深い母の慈愛で金氏は無事に成長し、漸く農事が出

來る樣になると、母を助けて殆ど言葉通りの不眠不休、只働きに働いた。

荒蕪地を安價に買受けては之を開墾し、又は農事を改良して作物の增收を

圖る等、爾來十數年、少しも變らず努力に努力を積み一面又洞民に牽先して

公共の事に盡し、遂に負債を全部返濟して其上現在では二十五町步餘の田畑

と、立派な二軒の家を建て洞内の資產家となつた。

そして又老母に孝養を盡して怠らず、近隣の評判の的となり力行者として

尊敬を一身に集めて居る、稼ぐに追付く貧乏なしとは實によく云つたもので

ある。

八五

◇ 勤儉力行、家を興した

孝 子

咸北鍾城郡行營面屈山洞

金　眞　極　氏

金氏は五歳の時父を失ひ、赤貧洗ふ樣なまずしい家に母と只二人取殘され、剩へ父の殘した多額の負債は一層彼等をくるしめた。

かてゝ加へて折柄の財界不況は、こんな奥地の哀れな人々にまで容赦なく、其の慘虐の魔手を伸べて、母子の糊口を脅かし三日も四日も喰ふに物のない樣な時もあつた。

之に應じて兵士等も亦、車窓から上半身を乗り出して、答禮して居たが、其の内一人がどうしたはずみか軍帽を取落して仕舞つた。

之を見た兩氏は驚いて早速其の帽子を拾ひ、直ぐ大邱驛に駈け付けて

『兵隊さんが困つて居られるだらうから早く送り届けて下さい』

と、憲兵分隊長に届出た。分隊長は深く之を賞揚すると共に謝禮の金を與へ、

ようとしたが、容易に之を受取らず、尚帽子を落した兵士の身を案じてゐる

ので、

『直ぐ本人に送り届けるから安心せよ』

と諭して漸く謝禮金を受取らしめた。

◇ 車窓から兵士の落した軍帽を拾ひ
驛に駈付けて憲兵に差出す

大邱府外飛山洞

權　元　伊氏

大邱府七星町

金　福　述氏

右兩氏は身は貧しい擔軍（荷物運搬夫）であるが、愛國の志は人に後れぬ貴い人々である。

本年一月三十一日滿洲行の軍用列車が大邱驛發車後七星町踏切に差懸つた際、兩氏は兵士の壯途に感激して『萬歳』『萬歳』と聲を限りに叫んだ。

囘五錢宛を要するので、貧困者はこの渡しを通行することが出來ず、十數町の上流を迂廻徒涉すると云ふ、氣の毒な情態に置かれてゐた。

この實情を氣の毒に思つた尹氏は、去る大正十一年二月同地農業林達駿氏一家に、自己所有の田地約十斗落を、永代無料にて貸與し、その代償として前記上南川渡船場附近に渡船場を設け、下層農民及勞働者を無料渡船せしめ爾來今日まで十有二年の久しきに亙り、之を續行して變らず、爲めに貧困者下層農民は云ふに及ばず、一般通行者を便すること多大であり、苟も此の河を渡る者で尹氏の篤行を讚へぬ者はない有樣である。

八一

◇十有二年船夫を置き
貧困者の渡船に便す

慶南馬山府午東洞

農　尹　君　玉　氏

尹君玉氏は本年七十一歳の高齢であるが、壯者を凌ぐ強健さを持つばかりでなく、性溫和にして公德心に富み、從來附近部民の爲に盡して來たことは枚擧に遑ない程で、近鄕近在では尹氏の德を景仰せぬ者はない程である。

慶尙南道昌原郡昌原面鳳岩里所在の上南川下流には、まだ架橋がない爲に馬山方面より上南、鎭海方面に往來する通行人は、この河を渡るに渡船料一

226

そして上の人々の命令をよく聞いて注意深く一般民とも交渉を保ち、完全に、勇敢に、通譯の任務を果してゐるので兵士達にも可愛がられてゐる。

『金君あぶないよ』

と云ふと

『何大丈夫だ』

と、あちこち飛び廻り、兩頬を輝やかせながら

『僕も日本人だから、御國の爲めに働くのは當然だ、支那軍の射つ彈なんか當らないから心配いらないよ』

と語つてゐるとはなんと、健氣な少年ではないか。

七九

様な顔をした、朝鮮の少年が砲煙彈雨の中を物ともせず、健氣にも皇軍の爲めに活躍してゐた。

少年の名は金震東君、まだやつと十七歳の若者である。金少年の家は不幸續きで哀れにも其の十歳の時、慶尙北道の故郷を後にして父母と共に寒い北滿の曠野を彷徨ひ、漸く齊々哈爾に落付いた、やれ〳〵と思ふ間もなく天にも地にも代へがたい父、母は相次いで死歿して仕舞つた。で今では弟と只二人、廣い此世に據る邊のない全くの天涯の孤兒である。

此の悲しさも知らぬげに、金少年は生き〳〵と小さな身體にだぶ〳〵の兵隊服を纏ひ、得意然と大きな兵隊さん達に交つて、元氣に、陽氣に部隊の先頭に立つて活躍してゐる。

拂ふ時は之を別途に貯蓄して置いて貧困な人々に分配してゐた。

部民も漸次此の金氏の徳の感化を受け何れもよく家業に勉勵努力し擧つて

慈善公共事業に盡す樣になり、今では近隣の模範部落として益々發展してゐ

るとは聞くも心地よい話ではないか。

◎勇 壯!!! 少 年 通 譯

彈 雨 を 冒 し て 活 躍 す

滿 洲 國 チ チ ハ ル

金　震　東　君

昭和八年二月皇軍熱河の攻略に當り、米山先遣部隊の通譯として、林檎の

七七

◎德、孤ならず

醫生模範部落を造る

咸北鍾城郡行營洞

金　河　潤　氏

醫は仁術と云ふ諺を其儘實行して貧民を助け、其德一村を風靡した今の世に珍らしい美談である。

金氏は多年醫生をしてゐるが極めて慈悲心の深い人であつた。其上家庭は裕福であつたので、貧乏な患者には無料で又其他一般の人には實費で施藥し實費以外は一錢と雖も受取つた事なく、餘分は返金し、若し患家で強ひて支

七六

230

を續けた、『神は自ら助くるものを助く』の諺の通り、元氏の此の努力は遂に酬ひられて、金一千圓の貯蓄をなすに至り、曾て父が人手に渡した田畑を買戻し。又一面誠意を籠め、子の熱き涙をもつて父を諫めた。

さすが無賴の徒であり、村民より指彈されつゝあつた父も、不撓不屈の努力と眞情何物にも替へ難い氏の言動に動かされ、翻然として眞人間に立還り、多年の迷夢始めて醒め、親子相携へて家業に精勵するに到つた。

之を見た一般の人々はこれに對し子弟教養上の好模範として、また稀有なる孝子として賞讃せぬ者はない。

七五

朝鮮の人々の内には、無頼の父を持ち、苦澁に泣く者が必しも尠しとしないであらう。こゝにある金氏の父も、六十二歳の高齢を重ねながら、性怠惰にして飲酒を好み、剰へ賭博に耽り、祖先傳來の田畑も人手に渡し、資産は皆無となり、猶覺醒する所なく爲に、無頼の徒として村民より指彈されてゐた。

元氏は幼な心にも之を憂ひ、家政を挽回し、名譽を囘復せんと決意し、僅か十二歳の少年の身を以て、母親を助け一意家業に精勵し、勤儉力行、零碎なる金を貯蓄し、數年間に五百圓の金を貯へたので、これを資本として行商を始めた。

雨の日も、風の日も、身を斬る樣な寒中にも、倦まず、撓まず一心に行商

之を深く遺憾に思つた氏は、當年教へを受けた弟子達十數名を勸誘し、昭和五年春、鎮海邑豐洞里に、蚩三段歩を買求め、之を共同耕作し、これより得たる收益により、墓地の整理を行ひ、日常の清掃は元より四時の供物を供へ、尙爾來每年舊三月十七日には、弟子一同を集め盛大なる祭祀を行ひ、師の靈を弔ふと共に、ありし日の師の高風を追慕し、以て修養の一助としつゝあるので、附近一般の人々も師弟の道は斯くありたきものと賞揚して居る。

◇ **家 政 を 挽 囘 し**
無 頼 の 父 を 悔 悟 せ し む

金　元　甲　氏

七三

近隣の人々もこの幼き兄弟の健氣なる振舞に感激しないものはない。

◇ 恩師の墳墓を淨め
子弟の道を盡す

慶南鎭海邑中初里

禹　承　祚　氏

禹氏は今年七十歳の高齢であるが、尙矍鑠として農事を營む高士である、氏の青年時代親しく師事した竹樵裵公の死後既に三十餘年になるが、鎭海邑內城山にある、同公の墓地は、何人も顧る者なく、草茅徒らに墓石を埋め、荒るゝが儘に放棄されてゐる。

賴む父は最近行衞不明となり、兄李鳳龍君（十三歳）と二人の兄弟は祖父母と共に、漸くその日の生活を續くる有樣であつたが。この祖父も亦老齢の爲め昨年來病床に臥し、爲めに一家は全く赤貧洗ふが如く、祖父の藥餌は勿論一家はその日の糊口をさへも得る途がなくなつた時、このいたいけな兄は晝間行商をなし、李龍九君はその間祖父の看病をなし、傍ら老衰せる祖母の孝養にも努めてゐるが、兄李鳳龍君の月收は六圓内外であり、祖父母及兄弟二名の口を糊し、祖父の藥餌をも求むることは容易でないので、こゝに李龍九君は、兄の行商よりの歸宅を待ち、僅かばかりの菓子類を持つて、京城に出で、夜間十二時頃まで、料理店、カフェー等の軒を訪れ行商し、その兄弟の收益にて、祖父母を扶養して居る。

七一

な教育機關となつてゐる。

金氏はまた、一面に於て町青年の幹部として指導の任務を盡す外、各種の
公共事業にも貢獻する所多く、未だ二十五歳の青年乍ら、多大の敬慕を一身
に受けてゐる。

◎家貧うして孝子出づ

少年病祖父母を扶養す

京城府外新堂里三六

李　龍　九　君

李龍九君は當年十一歳の少年である。　數年前實母に死別れ、杖とも柱とも

者が多く、子弟の義務教育すら十分に出来兼ねる狀態であつた。

氏は痛く之等不就學兒童の將來を憐み、何とかして、教育機關を設けなくてはならないと考へた結果、一昨年一月十三日同僚と相圖り、釜山府廳より、漢文書院の提供を受け、此處に年齢八歳より十三歳までの朝鮮の男女兒童七十餘名を集めて教育を始めた。

而かも創設以來毎月の經費は之を自辨し、忙しい勤務の間を見て銳意子弟の教養に當つてゐた。

『德孤ならず』とは千古易らぬ金言である、この篤志を知つた、町内一般の人々は、斯の美擧を個人の負擔に委すべきでないと、昨年七月町民合議の上、町の經費を以て經營することゝなり、更に教員二名を增置し、今日では立派

六九

とかして、み國に酬ゆるために貧窮微力な女子會員達が毎日一匙宛の節米をなし、塵も積れば山の例へ、漸く五圓と云ふ金額になりましたので僅少ではありますが、我々の赤心もて得た金ですから此際國家のために有用に役立たしていたゞければ洵に幸甚の至りです。』

◎ **貧困子弟の教養に盡す**

感 ず べ き 靑 年

釜山府谷町二ノ一〇五

金 億 兆 氏

金氏は目下釜山府廳に勤務して居る人であるが、氏の住む谷町附近は貧困

238

ぐさめたいとは思つて居ても皆貧しいので思ふ様にならなかつた。

そこで皆で申合せて、三部落の婦人會員の各家で毎日一匙宛の米を節し之を貯へて獻金しやうと相談を纏め、之を實行して遂に金五圓を得、夫れに次の様な手紙を添へて、本年二月大邱憲兵分隊に送金して來た、聞くも涙の出る様な話ではないか。

『虎堂洞婦人會は鄕谷の一寒村に在つて我々が今日斯うして枕を高くして平和な生活の出來るのは是全く一視同仁廣大無邊の聖恩であることは申すに及ばず、祖國の爲め國家の干城が重大なる責任を背負つて彼の朔風寒雪吹くまゝに滿洲の曠野に出征して日夜健鬪しつゝある我が皇軍の辱い勞苦があればこそ、實に暫時も忘却することは出來ぬ、吾三部落の婦人會では何

六七

◇食を節して獻金した

婦　人　會

慶北永川郡清通面

虎　堂　婦　人　會

有り餘る樣な金があり、又贅澤に使ふ財産はあつても、仲々公共の事に金子を出す人は少い世に、虎堂婦人會の人々は各々の食物を節して獻金をした。金額の大小等は勿論問題ではない、其の志は實に聖人に近いものと云はねばならぬ。

虎堂婦人會の人々は以前から皆何かの方法で聖恩に報ひ、國家の干城をな

斯ういふ事情を知つた崔氏は非常に同情し、自己の旅費を以てこれを代納することゝし、差押へは延期すると告げて立去らうとすると、その光景を眺めてゐた近所の鄭熙鎔氏外數名の人々が役人として餘りにも涙ぐましい處置をとつたのを見て痛く感激し、各自がそれぐゝ若干宛を持寄り、滯納車輛税を完納した。

昔から役人といふものは人民を苦しめる苛歛誅求の惡吏とばかり見てゐたこの村の人々が、郡屬としての崔氏が、貧しい者の爲めにかゝる義俠に出たのに驚いた事は云ふまでもないが、更に之れを代納した村の人々の篤行も麗はしい話である。

六五

咸北會寧郡會寧邑三洞

崔　煥　九　氏

氏は會寧郡屬を奉職し、その溫厚篤實な性格は、内鮮各方面から多大の信望を得てゐた。

昭和八年三月三日の事である、郡屬として滯納車輛稅差押の爲、會寧郡八乙面考洞、許燉氏方へ出掛けた。氏が許氏方に行つて見ると驚いたのは、その家の洗ふが如き貧しい生活だつたのみならず、その滯納車輛稅四箇年分の七圓は、旣に其の以前に車が破損して廢棄されてゐた事を發見した事である。

そして元來無智でさうした車輛の屆出手續など皆目知らないので、車は壞れて使はないまゝ何の屆出もしないで放棄してあつた。

は七圓に更に一ケ年後には十圓に其の給料を增された。

氏は其の給料を一厘も無駄に使はず二囘に三十三圓を父に送つて其の家計を助け、遂に本年の一月には目的の父の負債百餘圓を、さつぱりと返濟し、尙其上に毎月一圓宛掛ける生命保險にも加入してゐる。

一百の計畫、一千の企圖は易い、然し一つの實行は難い、南氏の此の實行こそ、更生の唯一の道で、やがて國難打開の道ではあるまいか。

◇ 差押へに行つた收稅官吏
貧者の爲に其の滯納稅金を代納す

六三

と只一言答へて、うつむいた父の眼からは、涙が止め度なく落ちてゐた。

今から二年前の春四月丁度氏の十八歳の時である、汽車にも乗り得ず、母の作つて吳れた辨當を腰に、涙で送る父母や弟妹を後に、とぼ〳〵と、京城へ出て來た。

人々は折柄咲揃ふ櫻に浮かれてゐる中を、氏は暗い心を抱いて、あちら、こちらと彷徨つたが、神は孝心の氏を捨てず都合よく、現在の西田菓子店に雇はれる事が出來た。

感激に生きる青年の決心は堅かつた、以來遮二無二、勤勉に勤勉を重ね、努力に努力を積んで側目も振らず、働き續ける氏の前には休日すらなかつた。

氏の働き振りに感心した主家では、初め三圓の月給であつたが五ケ月目に

南氏の郷里は京畿道利川郡栗面である、父はそこで昔から鋤鍬を力として働く小作農で、氏も亦二年前迄は父を助けて、毎日せつせと農業にいそしんで居た。

然し一家は氏を頭に子供が多く、八人の家族であり、農村の不況は夫れに又重壓を加へて働いても、働いても貧乏に追はれ勝ちで、遂に其日の生活にも事かく樣になり、其上子供の教育費やら、醫療費やらで、とう〴〵百餘圓の負債さへ出來て仕舞つた。

幾日も幾夜も此の生活、此の負債に惱んだ氏は、遂に決心した。

『お父さん、私は京城へ働きに出たいと思ひます』

『さうか、濟まぬ、なあ──』

六一

んは稼業も思はしくなく、不幸續きで、一人ぽつちとなり、遂に其の日の糧にも困つてゐたのを、金氏はよく舊恩を忘れず、昭和六年から自宅に引取つて、心から御恩返しをしてゐるのだ、とは聞くだけでも心持のよい話ではないか。

六〇

◇ 勤 儉‼ 努 力

父の負債を返濟する青年

京城府漢江通り

菓子商　西田定吉方

南　宮　鳳　氏

246

てゐたが、最近之が金氏の涙ぐましい報恩だと云ふことがわかつて附近一帶の評判となつてゐる。

此の老婆は佐野たき（六十七歲）さんと云つて、今から二、三十年前迄は、仁川では有名な遊藝師匠として、鳴らして居た者だが、丁度二十年程前、金氏は家族七人を連れて、田舍から仁川に出て來たが、築港人夫の僅かな賃金では七人の糊口が凌げず、非常に難儀をしてゐた。

此の當時、金氏の此の窮狀に同情したのが『たき』さんで金氏の妻を女中として傭つた上、何かと金品を惠んで、この一家を救つてゐた。

爾來二十年の有爲轉變、人生程又變り易いものはない、昔救はれた、金氏は勤儉力行、漸く相當な店が出來たが、色香の失せた姥櫻として『たき』さ

五九

吳協林、及張洙天の兩氏は斯くの如き孝子の製品から利益を得るは心苦しいとて、一家の製品に限り、一枚八錢を九錢に買入る等各方面から、多大の同情が集つて居るのも尤もな話である。

◎二十年前の恩を忘れず

内地人老婆を救ふ

仁川花町一ノ二四

金　致　善　氏

一、二年前から金氏の家に七十ばかりになる、内地人老婆が引取られ、主人を始め家族から丁寧な保護を受けてゐるので、近隣の人々も不思議に思つ

く、毎日六枚から七枚の叺を作る樣になり、一日三十錢から三十五錢位の利益を得る樣になつた。

一方父親は小作農の餘暇叺原料藁の買出しやら、五日目毎に安邊や元山に出て叺を賣捌き、又南大川河川工事の人夫として働くなど、一家何れも皆心を合せて勉勵の結果、最近漸く家運を挽回し、既に負債の全部を償却した外穀價の昂騰を豫想して、若干の籾さへ貯藏するに至り、輝やかしい感激の日を送つてゐる。

道警察部長は此篤行を賞し、生産資金の一部として金一封を贈つた所、里民は何れも、部落の名譽として、之を喜び、同里區長は自己所有の足踏叺織機一臺原價十二圓を四圓にて讓り、尚又此の話を聞傳へた、元山の叺仲買人

五七

る貧しい農夫であるが、數年來の農村の不況は深刻に影響して、どうしても一家六人の生活を支ふることが出來ず、働いても、働いても、借金は漸次かさみ、遂に五十餘圓の負債を負ふ樣になり、其の利拂等の爲生活は益々困窮に陷った。

此有樣を見た長男、明仁君（十六歳）、次男、炳仁君（十二歳）、三男、永仁君（六歳）の三人は昭和六年の春から互に力を併せて叺織を始め、毎日早朝から、深更まで、いたいけな三人の少年が指に血をにじませて、叺織を勵む有樣は、眞にいぢらしい限りで、殊に三男の永仁君が可愛らしい手で、繩を綯ふ有樣は、涙なくしては見られぬ可憐さであった。

一心は恐ろしいもの、殊に兄弟が力を併せて勵むので、其成績は極めてよ

前日には態々第三大隊を訪問し、その營庭て嚴肅なる豫行を行つた。

其の涙ぐましいまでの努力は酬ひられ當日の分列式には、堂々たる分列行

動をなし、軍隊及一般參觀者をして、その整然たる行動に感嘆せしめたと云

ふことである。

◎孝子三人力を併せて
貧家の更生を圖る

咸南安邊郡安道面柯坪里

金　基　淳　氏

金氏は當千五百坪を小作する傍ら、日稼勞働に從事して、漸く家計を立て

五五

忠南大田公立普通學校

上級生徒約百五十名

大田公立普通學校生徒に、斯ういふ純眞な行動があつた。

本年度の歩兵第八十聯隊第三大隊の軍旗祭が行はれる前の事である。右普

通學校の上級生徒は當日の分列式に參加する樣通知があつたので生徒達はこ

れを非常の光榮として雀躍して喜び、そして受持の先生に

『天皇陛下の軍旗の前に於てする光榮ある分列式が小學校生徒にも劣るとい

はれては、日本國民としての耻でありますから、放課後分列式の豫行を軍

旗祭の前日迄行つて下さい』

と申出で、其翌日より十日間放課後毎日分列式の豫行に專念し、尙軍旗祭の

252

里から京城へ出る峠路が折柄降り積む雪の爲めに不通になつた時、
『どうしても此の峠を越えなければならぬ用事のある人は嘸困るであらう』
と、考へ始めては青年の純情、矢も楯もたまらず直ぐに其の峠の雪除けを始
めて交通の便を圖つた。

爾來四十二歳の今日迄、峠に雪が降ればいつも獨力で之を除くこと實に二
十四年、世の爲人の爲に働いた、しかも一面篤農家として附近の尊敬の的で
あると云ふに至つてはまた、以て懦夫を立たしむるに十分ではないか。

◎日本國民の恥と
　普通學校生徒分列式豫行

五三

於て自衛軍第五十二團の部下大刀會匪の爲めに告せられ、鴨綠江岸護國の鬼と化してしまつた。

◇ 輝 く 社 會 奉 仕

峠 の 除 雪 二十四年

京畿道高陽郡神道面立川里

閔　聖　鎬　氏

閔氏は三歳にして母に、八歳にして父に死に別れた天涯の孤兒で、親戚に養はれて漸く成人した、數奇な運命の所有者である。

不幸な者ほど、人の難儀をよく知つて之に同情する。氏の十九歳の時、郷

我軍に於ては、奧地の賊情偵知に腐心しつゝあつたが、危險を侵して敵地に侵入する諜者がなく、困り果てゝ居つた。

之を聞いた朴氏は、幸に内鮮支語に通じてゐるので、同胞の爲め、一死奉公するは此の時であると、深く決心し、敢然として此の重大任務に就くべく志願した。

そして燐寸、地下足袋の行商人に變装し、夜暗に乘じて鴨綠江を越え、輯安縣双岔河一帶の賊情偵察に向つた。

八月十七日江岸約三里の奧地富有街に到り、翌十八日附近の高粱畑に身を潜めて時機を覘ふ内、不幸にも大刀會匪に發見せられ遂に拉去された。

熱心な我軍の救出方策も甲斐なく、遂に八月二十六日同縣第六區八王廟に

五一

軍隊に於て其の行爲に感激したるは勿論、近隣の人々も其の篤行を賞へて
ゐる。

五〇

◇ 一死奉公!! 鴨緑江岸の鬼と化した

朝 鮮 の 青

平北渭原郡西泰面梨山洞

朴 順 八 氏

昨年八月十五日張學良の走狗、東邊軍民衆自衛軍は、鴨緑江岸に於て、皇
軍の爲め脆くも破れ、奥地に逃走したが、更に戰備を整へて江岸に進出を企
て、一面移住同胞に對する迫害を敢行して失地奪還を策しつゝあつた。

256

間島和龍縣德化社南坪

崔　弼　倫　氏

崔氏は平素より義務心強く、鄕黨の信用厚き爲め選ばれて朝鮮人民會書記をなし、克く忠實に其職務に從事して居る人であるが、昨年四月匪賊討伐の爲め、咸北茂山にある我が守備隊が圖們江を越えて滿洲側に出動し、同地に宿營する事となるや、自ら率先して部隊の送迎、宿舍割　準備等に奔走し尙自分の家では、折柄妻が病臥中であるのを厭はず

『國家の爲め同胞の爲めには勿論私事を顧みるべきではない』

と、態々病める妻を他に移し、進んで我家に皇軍を宿營せしめた。

四九

『私が今日迄生命を繋いで來たのは實に貴方の御蔭です、其の畑は已に貴家のものとなつたものだから私が受取るべきではありません』

とて、双方押問答を重ねたが漸く池さんを説服し、獨立させ立派な妻をも世話してやつた。

池さんは今白氏を神の如く敬慕し一千二百圓を資本に夫婦相援けて、さゝやかながら幸福に商業を營んでゐる。

此の世智辛い世の中に聞くも喜ばしい美談ではないか。

四八

258

云ふ、然し池さんとしては是を如何に押戴いて喜んだ事であらう。

二人の上に平和な月日は流れて昭和七年九月となつた、其の以前池さんの切なる願ひに依つて死んだ池さんの父が殘した唯一の財産である畑四百坪、當時の價格二千圓内外のものを白氏の名義に移轉登記してあつたが、鐵道開通に依つて地價が暴騰した爲め、白氏は其の土地を一千二百圓に賣却し池さんに向ひ

『終生共に暮らす考へであつたが何時迄も他人の家に居るのは無心苦しいであらう、就ては、あの畑を賣却した代金が此處に一千二百圓あるから之を以て一家を興しなさい』

とて、土地賣却代金を殘らず差出した、池さんはぼろ〳〵と涙を流して

◇不具の孤兒を養育

更生させた農夫

咸北穩城郡柔浦面南陽洞

白　學　天　氏

白氏は幼少の頃から苦勞と云ふ苦勞は嘗め盡して來た、勤勉實直な農夫であるが、丁度今から九年前、洞内に住む、不具者の池元龍さんが、柱と賴む親を失つて孤兒となつた。

之を見た白氏は早速自宅に引取り親切に勞はり養つた。白氏とて別に資産がある譯ではない、或時は僅かな粟粥を分け合つて空腹を凌いだ事もあると

迄の二倍の増收を豫定し希望に燃えて奮闘した結果、昨年の様な凶作にも不拘、秋の收穫には粟反當り一石二斗、大豆反當り七斗五升の實收を擧げた。

其の他養鶏、叺、繩等の副業は言ふに及ばず、堆肥製造など其の働き振りは實に朝鮮農業の革新者たるを思はしめた。

朝に夕に酒に身を持ち崩し、放蕩の限りを盡した父も、流石に我子の此の働き振りを見ては良心の呵責に堪へず、何時しか酒を止め、近頃は近所の人も驚く程眞面目に働く樣になり、昔に代へて一家和氣靄々とした家庭となつた。

と悲壯な決心を告げて、先生から賞揚せられた事があつた。そして徐君の實

務作業などの眞劍さは如實に其の決心を物語つて居つた。

かくて昨年春卒業と同時に、慶源普通學校卒業生訓練會員となり、よく努

め、平素の希望である同會指導生を志願した。

其の後の彼れの働き振りは、實に目覺ましいものであつた、星を戴いて出

で、月影を踏んで家路に歸り、又餘暇を見ては母校の指導生と共に共同作業

に從事したが其の眞劍味、其の潑剌とした働き振りは見る人をして感激讚嘆

せしめずにはおかなかつた。

其の年五月近所の畑に粟三百五十坪、大豆六百坪の改良栽培法を實施し、

整地から播種、除草迄全く獨力で明け暮れ見廻り肥培、管理に怠りなく、今

き手一つに頼る外なき有樣となつた。家には僅かな土地と崩れかゝつた草葺の住家の外には何物もなく日々の食糧にも困り借金は積つて五百圓近くにもなつた。

斯る中に在つて徐君は少しも悲觀せず在學中から通學の餘暇には朝夕畑に出て草を取り、柴を刈り、繩を綯つて、一家の生計を助けた。

丁度普通學校卒業前の事であつた、校長先生から卒業後の方針に就て質問を受けた、他の兒童は上級學校や、月給取などを希望する者が大部分であつたが獨り徐君は

『自分の家は自分が働かなければ倒れてしまう、自分は祖先傳來の農業に全力を盡して一家を興さなければならぬ』

四三

世に、孫氏の此の篤行、此の報恩は将に軽佻人士への清涼剤である。

◎ 奮闘努力家を興し
父を改心せしめた十九歳の青年

咸北慶源郡安農面金熙洞

徐　斗　星　氏

徐君は歳未だ丁年にも達せぬ様な青年であるが、其の志、其の行ひは実に昔の聖賢にも劣らぬ様な感心な人である。

徐君の家庭は祖母、父母、及弟妹三人の七人暮らしであるが、父は放蕩に身を持ち崩し、毎日酒を飲み廻つて家に居付かず、一家の生計は全く彼の弱

の家族は産を失つて窮乏の淵に沈んでゐた。

驚いた氏は、先づ其の遺族を救濟する爲めに渡鮮方を薦めたが色々な事情で、之に應ぜられなかつたので已むなく色々と慰めた上、經濟的の援助を盟ひ、尚故松田氏の親族である宗茂雄と云ふ青年を同伴して一先づ歸鮮した。

歸鮮後宗氏に資金を與へて商業を營ませ、爾來今日迄終始變らず、遺族や宗氏に對して精神的慰安と財政的援助を與へて近隣の人々を感動せしめてゐる。

尚最後に見逃すことの出來ぬのは爾來氏は、毎年一囘佐賀縣に在る松田氏の墓參を行ひ、遺族を慰問して變らぬと云ふ話である。

噫!! 人情紙よりも薄く、人は人を陷し入れ、恩を仇で返す者の尠からぬ

るが、同氏は常に

『自分が今日あるは實に松田茂致氏の高恩の賜である』

と、今から二十五、六年も以前に、今は内地に歸つてゐる松田氏が、永同郵便所長であつた時代に受けた恩を追憶して感謝の涙にむせんで居ると云ふ、報恩の念の厚い人である。

そして時あらば、いつか松田氏を内地に訪問して、厚恩の萬分の一でも報じたいと思ひながら、家業に忙しくて其の志を得なかつたが、遂に昭和二年内地視察を兼ねて九州に渡り、久し振りに遇ふ恩人の面影を偲び、躍る心を押へながら佐賀縣川上村に松田氏を訪問した。

人の世の有爲轉變は全く圖られぬもので、松田氏は既に此世に亡く、又其

り、之を日乾しとして父に服用せしめた。

此の事がいつとはなく、一般の人に知られて本年三月には郡守は氏を孝子として表彰した。

◇ 二十餘年前の恩を忘れず
厚く其の遺族に報ゆる高德の士

忠北永同郡永同面稽山里

孫　在　廈　氏

孫氏は現在資産約三十萬圓を有する同地有數の富豪であると共に、常に牽先公共事業に盡瘁するので、人格者として一般から敬慕せられてゐる人であ

三九

赤貧は益々加はり一家は悲嘆の淵に沈んで仕舞つた。

金氏は其中に在つて、克く家業に精勵する傍ら良藥を求めて、日夜看護を怠らなかつたが、父の病氣は日增しに重つて行つた。

人から薦めらるゝ藥と云ふ藥は、資力の續く限り、之を父に與へ、尙蛇類が良藥だと聞いて、之を捕へて服藥せしめる等、誠をこめた看護を續ける事實に八年の永きに亙り、聊かも變らなかつた。

其の間父の病氣は一時非常に快方に向つたが、昨年三月頃から再び惡化し、遂に危篤に陷つて仕舞つた。

金氏は悲嘆やる方なく、人間の肉が此の病に利くとの昔からの云傳へを信じて、十二月始め家人の不在を窺つて、自ら自分の太股の肉約二十匁を切取

此の孝養と、貞節は、面民の賞讚の的となり、李氏一家は今や幸福の其日を樂んで居る。

◎ **赤貧中病父を看護すること八年**

遂に自己の肉を切りて父に薦む

慶南晋州郡泰洞面

金　東　植　氏

金氏の一家は、貧しい小作農であつた、然し勤勉な金氏は、來る日も來る日も、倦まず働いて、平和な月日を送つてゐた。

所が大正十五年二月、不幸にも突然父が不治の病に罹つて、病勢は重く、

然し高さんは陰忍よくこの勞苦に處し、家業を勵み、失明の姑に孝養を盡し、何とかして其の眼病を癒したいと十二年間毎夜の如く水垢離をとりて神佛に祈つた結果、不思議にも大正八年四月姑の眼病は奇蹟的に快癒した。此の有樣を見て感激した夫は、爾來飜然として悔悟し家業を勵む樣になり、一家は一時に春が訪れた。

然るに大正十二年姑は再び重病に罹り、夫妻が心をこめた孝養看護の甲斐もなく日ましに重態に陷り、全く絶望の姿となつて仕舞つた。

この時高さんは昔より傳へらるゝ傳說を信じ、蹶然自己の手指を切斷し、その滴る鮮血を姑の口に注ぎたる所、この孝女の赤心が通じたものか、又もや奇蹟的に更生し、全快する事が出來た。

◇ 放縦な夫を悔悟せしめ

身を以て瀕死の姑を救ふ

慶南陜川郡栗谷面

李氏妻　高福任さん

高さんは今より三十五年前李尚瑾氏に嫁したのであるが、夫は性極めて放縦であり加ふるに酒色に耽溺し爲に一家の生計は赤貧全く洗ふが如き惨状であつた。

剰へ姑は明治四十二年以來約十二年間眼病の爲失明状態となり、家庭の悲運はいやが上にも重なり、高さんの勞苦は全く言語に絶するものがあつた。

三五

そして慶興、阿吾地間の乘合自動車を經營するに至り一意專心業務に勉勵した。

『働く者に憂なく、稼に追付く貧乏なし』で氏の業務は順調に發展して行つた、更に感心なのは氏の溢れる樣な公共心で生計の豐かならざる中から自分の運轉する國道の修繕は自分の責務だと云つて自費每月四十圓宛を投出して人夫二名を雇ひ道路の修繕に努力したので日に月に道路は改善せられ通行者に多大の便盆を與べた。

附近の人々は氏の此の篤行に深い敬意を表してゐるのも尤な話である。

多しの諺に洩れず、丁度氏が商業學校二年在學の時突如、父の事業の失敗か

ら、破産の宣告を受け、一家は悲嘆のどん底に沈んで仕舞つた。

氏は直に學業を抛つて歸郷し、兩親を勵まして孝養を盡し、弟妹を養育す

る傍ら眞に一家の柱となつて沒落した吾家の再興を圖つた。

そして昭和四年春折柄此地方に發達しかけた自動車に着目し、此の事業に

一生を托すべく決心を堅め、兩親の諒解を得て懷しい故郷を後に單身京城に

出た。

勿論かやうな狀態で十分の學費がある筈はない、血の出る樣な努力の結果、

漸く自動車運轉手となり、更に克苦奮鬪遂に一臺の自動車を手にし、天にも

昇る心地で昭和五年十二月錦を飾つて故郷に歸つた。

三三

阿修羅の様に荒廻つて、賊二三名に重傷を負はせたが、多勢に無勢、如何ともなし得ず、遂に和龍縣德化社小洞で死を遂げて仕舞つた。

兩氏は平素から溫厚篤實を以て知られ洞民の信望厚く、爲にこの壯烈な最後を聞き、何れも鄕洞の護神だと尊敬してゐる。

三一

◇没落せる吾家を再興し
社會事業に貢獻せる靑年

咸北慶興郡慶興洞

吳　化　龍　氏

吳氏は豪商の家に生れ、幼時は何不自由なく養育せられてゐたが、好事魔

274

金　　國　賢　氏

吳　　相　囂　氏

金、吳兩氏は、本年一月三日夜、國境警備の一助として郷約した、夜警巡邏に服務して居つた。

身を斬る様な寒風を物ともせず、郷土の爲め結氷した豆滿江を守つてゐた時、突如滿洲側から鮮内に侵入して來た共匪數名に遭遇した。

兩氏は無手で之れに應戰したが、衆寡敵せず、金氏は遂に敵彈に胸部を貫かれて其の場に最後を遂げた、吳氏は同僚の弔合戰と計りに獅々奮迅の勢ひであばれたので、共匪も此勢に恐れをなして退却を始めた、之を見た吳氏は、すかさず逃れ行く、賊を追跡して之に組付き、其の所持せる銃器を奪ひ取り

三一

労働に従事しつゝある二日間全員中食を廢し、これによつて得た金七十五圓

七十二錢を本年三月二十九日第二十師團司令部宛に獻金した。

日々激しい勞働に從事する者が、一食を廢するなどゝ云ふことは、言ふべ

くして行ひ難い問題であるにも拘らず、しかも何れも身分低い貧しい人達

計りが七百餘名も心を協せて、これを實行し、努力は美譚として永世不朽の

ものでなくてなんであらう。

◇夜警中共匪に出遭ひ

奮鬪遂に犠牲に斃る

咸北茂山郡永北面芝草洞

三〇

人類愛の權化か、神の化身かと疑はれるではないか。

◇ 國防の急務を覺り

中食を廢して獻金

忠北槐山郡沙梨面

砂防工事人夫七四六名

忠清北道では昨年末から、窮民救濟事業として、槐山郡沙梨面に砂防工事を實施したが、此の工事に從事中の七百四十六名の朝鮮の人達は、時局に刺戟され、國防の急務を自覺し、國防兵器費獻金につき寄々相謀り研究の末、一同が中食を廢し、これによつて得た金を獻金せん事を申合せ、その激しき

二九

人員二千餘名に上り、金額にして一萬圓以上に達したので、其の貯金を取扱つた大邱郵便局では痛く其の篤行に感じ、御禮として、金一封を贈つた。

氏は勿論此金は「私すべきものでないと代理貯金をしてやつた人々に夫れ夫れ分配、貯金してやつた。

氏の持歩く藥は、携帶に便利な漢藥の丸藥と、粉藥が重なるもので、其の原料は田舍廻りの時自ら採取するのであるが、非常によく利くと云ふ風評で、一度行つた所に再び行くと、村の人總出で、歡迎して吳れたり、我先にと御馳走をして吳れたりするさうで、これ丈けは喜んで受けるが、旅費とか、藥代は絕對に取らない。

六十一歲になつた今日も尚、氏は此の篤行を續けて怠らぬと聞いては寔に

施藥をして居つたが、後には自ら村々を廻つて貧困な病者を助ける樣になつた。

始めは相當な貯へもあつたが、性來の慈悲心から無料施藥を止めぬので現在では殆んど無一物であるが、そんな事には些の頓着もなく洞から洞を經廻つてゐる。

そして御禮にと云つて十錢なり二十錢なりの金を出す人があると、全部本人の名義で郵便貯金として通帳を與へ僅かでも餘分の出來た時は貯金する樣に勸めて廻るばかりか、彼等が少しの時間でも無駄に過ごしてはならぬと自分が代つて郵便局通ひをした。

今から三年前の事であつたが、既に其時、右の樣に代理貯金をしてやつた

二七

全鮮其の足跡を印せざるなく、風雨寒暑を選ばず、櫛風沐雨十二年眞に無

慾恬淡、人か、神かと疑はるゝ聖者こそ、大濟院主、徐相潤氏の尊い姿であ

つた。

徐氏は二十八歳の時、官立英語學校を出て上海に渡り、約十二年間貿易業

を營み、四十歳にして歸國し、一時大邱に落着いた。

其後何か、世の爲、人の爲になる樣な仕事はないかと、色々考へた末、始

めは自ら資本を出し、貧困の人々に雜貨行商を行はせ、利益は悉く其の人々

に分ち與へ、一面又漢方藥房を開いて貧困者には無料施藥をしてやつてゐ

た。

雜貨商の方は一年位でやめ、其後は專ら藥房に從事し、不相變貧者に無料

◈人類愛の權化

貧困者の救世主

京畿道高陽郡延禧面阿峴里

大濟院主　徐　相　潤　氏

身には汚ない襤褸を纏ひ、僅かばかりの荷物を携へて、村から村へ、面から面へ、とぼ〱と歩き廻つて、貧者の家々を訪れ病人があれば携へた藥を與へて、親切に其の手當を敎へ、若し御禮にと金を出す人があれば、自ら其れを郵便局に預け其通帳を與へて、勤儉貯蓄を敎へる六十餘りの老人があつた。

二五

歸國を待つて更に資金を出して獨立させ、又遊んで居てはすまぬと云ふ父親のため五百圓の資金を出して穀物商を經營させた所、今度は母親が自分も何か働きたいと言ひ出したので其の裏に飲食店を開業させた。

朴氏の勤勞、自立自營の精神はかく一家に夫れ〴〵職業を與へ、流浪生活の往時を偲んでは父も、母も、兄も等しく更生感謝の日を送り、活きた敎訓として語り傳へてゐる。

尚朴氏は身を持することを固く、咸興第一公立普通學校卒業生相互修養會の夜學校に前後五箇年を學び、同會の中堅人物として信賴せられ、電燈、筆紙墨、茶話會費の寄附等至れり盡せりの奉仕生活は、將に儒夫をして立たしむるものがある。

の後斷然儕輩を抜き、最優秀の成績で卒業した。

同校では朴氏の此の雄々しい心情と優秀な技倆に報ゆる爲め、特に教頭が附添つて京阪地方の時計工場を視察させた程であつた。

希望の丘を越え、躍る心を押へつゝ成興に歸つた朴氏は、軍營通り興福寺前に萬囘堂の看板を擧げた。

かくて其の技倆の優秀さと、正直第一のモットーとは忽ち認められて、恰かも順風に帆を上げた如く發展し、現在では三人の見習工を置く迄に成功した。

これ丈けでも一場の立志美談であるが朴氏は、自己の成功のみに滿足せず怠け者の兄を改悛させる爲め、長らくの間内地の時計工場を視察させ、其の

二三

ない暮らしの内から、漸くにして普通學校に這入り、家業を助けながら學業を勵み、幼な心にも日々の貧しさに發憤して堅く家運の挽回を志し、當時時計修繕工であった兄に就て學業の傍ら時計修理の技術を見習つた。

一心は恐ろしいもので普通學校を卒業する頃には一人前の時計修理工になりおほせた、爾來時計の修理で勤勉努力一家を支ふること五箇年、而かも幾分かの貯金も出來た。

朴氏はそこで考へた。

『將來大成するにはどうしても專門の學校に這入らねば駄目だ』

と、そして實に汗の結晶の樣に惜しい貯金の大部分を引出して上京し、東京市世田谷にある日本時計工業學校に入學し、眞に側目もふらず、勉學三箇月

二二

284

◎不具の身で
家を興した時計工

咸南咸興府軍營通り

朴　禮　鎬　氏

失業者の　渦、生活難の坩堝!!　世は不況のどん底だ、立派に大學を出て

職に就けず、大資本を掛けてさへ、生活にあえぐ今の世に、足の不完全な

不具の身に生れながら、奮勵努力、身を立て家を興し、怠け者の兄を改心さ

せ兩親に孝養を盡す等、寔に聞くも麗はしい勤勞美談がある。

朴氏は幼時貧窮流浪の父に連れられて、咸興に辿り着いた。それでもし

この由を傳へ聞いた加藤氏は、さういふ事は全く自分の意思に反すること
であるから絕對に中止されたいと拒否したので市場關係者は、これを市場基
金となし、每年十二月三十一日には、必ず鷄二羽、鷄卵五十個に目錄を添
へ市場代表者は遠路態々大邱に出で來り加藤氏に贈呈し『市場の恩人』とし
て心からなる感謝の意を表すること既に十一年聊も變らず、今も尚當時の感
激を捨てず內鮮の溫かい融和の實を結んでゐる。

朝鮮の人達が些細なる內地人の行爲に對し、斯くも永世不忘の念に燃えて
ゐるといふ事は、百の內鮮融和の理論よりも尊い話である。

二〇

286

情し、右除氏外代表者と共に、郡守並に道知事にこの悲惨なる狀態を陳情し、百方對策を講じた甲斐があつて、市場の移轉は中止となつた。

これが爲め市場關係者等は加藤氏の朝鮮を愛し、朝鮮の人達に溫情をもつてした事に深く感激し、この大恩は終世忘るゝ事は出來ないと、關係者等寄々凝議の結果金四十五圓を醸出し、代表者を以て加藤氏に謝禮として贈呈しやうとすると加藤氏は

『私は斯う云ふお禮を貰ふ爲めにやつたのではない、諸君の膏や汗で働かれた金子は市場の改善に使用して欲しい』

と、いつて頑として受付けないので、代表者達はこの上は加藤氏の記念碑を建てやうと密かにこれが建設準備に着手した。

一九

◇ 報 恩 十 一 年

感 激 の 市 場 商 人

慶北達城郡玄風面新基洞

車川市場、除義信氏外三十名

大正十一年の春の事であつた。車川市場は交通便利なる玄風邑内に移轉す

ることに決定したが、この市場の關係者は極めて貧困で、移轉の費用にさへ

窮する有樣で萬一どうしても移轉しなければならぬ場合には、何れも死地に

陷るより外はない悲慘な狀態に置かれて居た。

此の事情を聞いた、大邱府元町居住加藤一郎氏は、その實情を見て深く同

ると云ふ有樣であつた。

健氣な李さんは、良藥を求むる爲め風雨霜雪を意とせず、東奔西走し、舅姑の尙は昨年十一月頃より本年四月頃迄、鷄鳴猶曉を告げぬ頃より起床し、舅姑の病氣快癒を一心に神佛に祈り續けた。

此の孝養、貞節の功は顯はれ、舅姑の病は日一日と快方に赴き、遂に之を全癒せしむるに至つた。

慶尙北道知事は、此の報を知り、李さんの爲めに、嶺南明德會總裁の名の下に食器一組を贈りその篤行を表彰した。

一七

慶北迎日郡峰山面大谷洞

李　溫　さん（女）

　李さんは十八歳の時、二十歳の權氏と結婚したが、不幸、夫は新婚後間も

なく、病床に臥したので、李さんはその後庭に祭堂を設け、百日の間毎夜一

心に祈禱を行つた、その心が神に通じたのか、夫は死地より脱する事が出來

漸次快方に向つたが、三年後再び病勢昂進し、李さんの貞節の甲斐もなく遂

に不歸の客となつてしまつた。

　この折、李さんは悲嘆の餘り亡夫の後を慕ひ、自殺を決行せんとしたが、

父母の慰撫により思ひ止まり爾來舅姑の爲めに孝養を盡した、然し不幸は尚

李さんの身邊を離れず、間もなくこの舅姑も亦病の爲床に就き、命旦夕に迫

地の開墾を思ひ立ち、笑ふ里民を尻目に、雨の日風の日の暇を利用して岩に努力を刻むこと實に十年、今日漸く四反歩の畑を見事に造り上げ、附近の人々をアツト驚かせた。

道當局では農村更生の聲高き折柄、これは、すばらしい美談だとして、近く表彰の手續きをとることになつてゐるが、金氏は

『此の春粟でも植ゑて貧苦の人々に分けてやりませう』

と、云つてゐる、とは益々奥床しい限りではないか。

◎貞女の篤行克く

舅姑の重病を全治す

一五

興郡守は氏を民間功勞者として表彰したのも故なきに非ずである。

一四

◎刻苦十年

荒廢地を開墾す

京畿道高陽郡神道面

金　鍾　鉉　氏

京城郊外に巍然として聳ゆる北漢山の麓、一面の荒地を一人こつ〳〵と十年もかゝつて開墾し、立派な畑とした忍耐强い人がある。

金氏が其の努力の人で、四十六歲の時から五十六歲の今日迄、輕薄な思想にかぶれる最近の若者に對する見せしめにと、一面岩石に被はれた、この荒

292

肥を造り、秋は共に農作物を收穫して共濟會の基金として其の一部を賣却する等。每年之を繰返して怠らず、現在に於ては基金も五百圓となつてゐる。

鄭氏は又稀に見る敬老家で青年を以て敬老會を組織し、青年を善導する一面、每年末老人を招待して、慰安會を催し又貧困者の租稅を代納し、舊弊を破つて色服を獎勵し、尙結氷期には夜警團を組織して火災盜難の豫防をなす等、爾來十數年の永きに亙つて其の公共事業に盡すこと擧げて數ふるに遑なき程である。

之が爲め、荒廢してゐた村は、一陽來復今は模範部落となつて北鮮に輝かしい存在を示してゐる。

之皆鄭氏のお蔭であると部落民は氏を慈父の樣に敬慕し、本年二月には慶

一三

構へ、自ら鋤鍬を手に堅實な一歩を踏み出した。

世界大戰後の好景氣は、こんな田舍にまで浮華、輕佻な成金風を吹き送つて老いも若きも賭博に耽り、酒に溺れて、鋤鍬を投出し、家業を顧みる者は殆んどなかった。

此の有樣を眼前に視た鄭氏は

『之は一大事だ、此の儘放任すれば龍水洞は自滅の外あるまい、一身を投出しても部落民の迷夢を覺醒させねばならぬ』

と深く自ら決する所あり、先づあちら、こちら說き廻つて漸くにして同地靑年全部（二十三名）を集めて龍水洞共濟會を組織し、自ら會長となつて會員を指導し、春は共同して田畑を耕し、夏は山野から雜草を刈り集めて共同堆

過つて改むるに憚ることなき精神の偉大さよ!! 鄭氏の如きゝこそ眞に男子の中の男子ではないか。

◇ 一人の力よく一村を指導して

模 範 農 村 を 建 つ

咸北慶興郡雄基邑龍水洞

鄭　澄　鐸　氏

鄭氏は咸南永興生れで、永年郡屬として、各地に勤務したが、勤勉努力よく職責を盡して、どこでも尊敬されてゐた。

そして大正十一年無事退職したが、農業は神聖なりとして現在の所に居な

二一

きに亘り、幾多の抗日活動を繼續してゐたが、遂に捕へられて五箇年の獄中生活を終るや、飜然として其非を悟り良民として誠の道を歩むやうになつた。

惡に強きものは善にも強く、眞に忠良の民として、三箇年を送つた時、偶々昭和七年六月六日皇軍の一部對岸長白縣に出動した。

之を聞くや、鄭氏は、報國の時機到れりとなし、直に長白派遣隊に從軍を願出で、之を許可せらるや、天にも昇る心地で從軍し、曾て知り得た、地理と、得意の滿洲語とを以て、情報蒐集に特殊の手腕を揮ひ、又十四道溝の戰鬪には自ら進んで之に參加し、而かも率先群がる敵中に躍り入つて、獅子奮迅の勇を揮ひ、幾度か生死の巷を出入して其の功績は實に大である。

と、部落中を熱心に説き廻り、忠君愛國の念を喚起した結果、遂に皆自發的に買上げに應ずる樣になつた。

◈ 往年の獨立運動者一變して

皇 軍 の 爲 に 活 躍 す

滿洲國吉林省長白府

鄭　甲　善　氏

鄭氏は祖國復興朝鮮獨立の熱情止み難く、憂國の志士として十七歳にして光正團に投じ、爾來滿洲の曠野を縱橫に馳驅し、又屢々鮮內に侵入して、咸南甲山郡含水並に三水郡嶺城里警察官駐在所の襲擊等を始めとし、七年の永

九

こと等を力説した結果、不平を唱へた面民にも漸く其の趣旨は徹底したが、尚ほ自ら進んで、買上げて貰はふと云ふ者はなく、郡當局でも非常に焦慮困却して居った。

此の時白氏は決然立つて、一般面民に云ふ樣。

『昔は斯樣な場合は否應なしに無償で、徴發されてゐたが、今日は有難いもので普通相場以上に高く買ひ上げて戴くぢやないか。不平なざい云ふ場合ではない。内地の人は息子を戰爭に出してゐる家も澤山あるさうだ。殊に上海では三人の兵隊さんが爆彈を抱いて戰死したさうだ、それに比ぶれば燕麥を賣る位何でもない、若し食ふものがなかつたら吾々は草を食つても辛抱して國家のため御用を勤めねばならぬ。』

愛國者と云はねばならぬ。

白氏の住む咸鏡南道豐山郡地方は、國境に近い山地帶で、燕麥は非常に優良なものが産出される、従つて當局では、之を馬糧として年々多量に買上げて居つた。

本年も全郡下の買上げ豫定數量は三十萬貫で、其内安水面は八萬貫とされてゐた。

所が色々な關係で一部面民の間には其の買上げに對し、不平の聲が高く上り、當局の買上計畫に一頓挫を來す樣な形勢に立至つた。

そこで所轄駐在所でも非常に心配して面當局と協力し、一般の人々に非常時國家の現狀を說き、酷寒の滿洲に身命を賭して活躍する皇軍の馬糧である

七

◇御國の爲だ進んで馬糧を賣れ、と

里民を說得した老爺

咸南豐山郡安水面

白　尙　奎　氏

軍人ばかりが國を守るのではない、又國民の一部階級のみが國を守るのでも勿論ない、名も知れぬ片山里の農夫、荒海に稼ぐ漁師、はては大都會に流涙する勞働者に至るまで、全國民の一人一人が皆其の雙肩に國家を擔ふて進むのだと自覺した時こそ、我國礎は愈々磐石の重きを加へるのだ。

此の意味に於て白氏の如きは、北鮮の山奧に住みながら、目覺めたる尊い

昭和七年七月九日の朝まだき、有力な救國兵匪は南坪を襲ひ、物資を掠奪せんとして先づ同地領事館警察分署を襲撃し、之を包圍して、猛烈な射撃を加へた。

之を知るや、右七氏は各々自分の可愛いゝ家族や、大事な家財を顧みず、直ちに分署に馳付け、署員に應援し、銃を執つて勇敢に賊と戰ひ、辛じて同分署を死守し、危地より脱せしめたが、悲しい哉四氏は未だ春秋に富む、若い身を以て名譽の戰死を遂げ、殘る三氏亦重傷を貪ふた、寔に貴き犠牲と云はねばならぬ。

皇軍の道案内に従事した。

一、間島和龍縣德化社南坪

金　壽　極　氏

張　昇　職　氏

李　明　王　氏

玄　文　昌　氏

以上戰死

朴　時　允　氏

崔　南　爕　氏

崔　泰　益　氏

以上重傷

しかも其の從軍の間に、氏の父と甥は不幸匪賊の毒爪に倒れたが、悲壯にも

『多數同胞の危急存亡の秋、私事を顧る暇はない』

と、涙を呑んで之を顧みず、民會員を指導督勵して、よく皇軍の活動を扶けた。

一、間島和龍縣崇善社涵洞　　　　朴　公　珉　氏

朴氏は昭和七年九月中旬、守備隊の越境出動に當り、多くの者は匪賊より、受くる後難を怖れて、皇軍の道案内をなす者がなかつたが、氏は

『收穫を前にして匪賊の毒手に惱む、同胞の悲痛を想へば、自分一身の後難等考ふる餘裕はない』

とて、敢然出でて皇軍の求めに應じ、幾多の危險を侵して、賊情の偵察やら、

三

危急を救ひ、治安を維持せんが爲め幾度か同地方出動の命に接し、勇躍圖們江を越えて匪賊を討伐した。

斯る非常狀態の中にあつて、吾が朝鮮の同胞が幾多の決死美談を殘したが、其内二、三を摘記すれば次の樣である。

一、間島和龍郡德化社南坪

朴　承　壁　氏

朴氏は平素から、熱血愛國の士として、附近部落民より尊敬を受け、同地朝鮮人民會長に推されて居た人であるが、昭和七年四月七日以降、守備隊數度の越江に際し、其都度何等の報酬を求むることなく、自ら進んで隨伴し、常に危險を犯して賊狀偵察、進軍先導等に從ひ、全く一身を犧牲にして皇軍に盡した。

二

敢!! 義 烈!!

間島に於ける同胞の活躍

間島地方には各地に有力なる兵匪、共匪等出没し、官憲の手薄な善良な鮮満住民を金炭の苦境に陷れた。暴行、放火、人質の拉去等飽くなき惨虐の魔手を伸べ

爲めに滿洲人地主の一部は土地を捨て賣りにして山東省に逃れ、朝鮮の同胞達は、粒々辛苦の收穫を前にして官憲の手の行屆く地方に避難せねばならぬ樣な、悲慘な狀態を出現した。

咸北茂山にあつた我が守備隊は、同年四月以降之等匪賊を討つて、同胞の

五

306

四

三

二

朝鮮の人の篤行美談集　目次

一

310

桑槿一家의 完成을 期치아니하면아니된다 如斯히하야

明治大帝의 聖旨에 奉答하며 聖上陛下의 宸襟을奉安케하옵는所以로確信하

고 平素의所懷를아울너玆에更히朝鮮同胞의篤行獎勵의資料로하는一方內地

의人人으로 하야금 참으로 朝鮮同胞를理解하며同情케하는一助를爲하고

저하야 其第二輯을江湖에頒布하야 互相非常時難의好轉을期하며 內鮮融

和의一層强調와徹底케하기를願하는바이다。

昭和八年十一月三日

陸軍少將 岩 佐 祿 郞

어대서지든지 日本帝國臣民으로서 節制를保持하며 擧言動이何等變換업

는內鮮一體에成果를發現한다면 從來內地人의朝鮮同胞에對한疎隔된感情은

一掃되는同時에 諸種에誤解를生하는侮蔑的言動及低級的인優越感念갓흔것

도除去되야內鮮의和樂、理解抱擁의理想鄕을實現하는中에二千萬同胞諸君의

發露된赤心은內地人을覺醒케하야一糸不亂하는大和民族의霸權을天下에 誇

張할수잇슬것이다。

以上述한바를 살펴보건대 現下에日本帝國은建國以來未曾有의非常時難

에遭遇하야 一時라도安逸을許할수업슬뿐不啻라 擧國一致國難打開에 直

面하고잇슴은贅言을 不要하는바로 吾等의朝鮮及朝鮮同胞를爲하는念은 刻下非常

內鮮一體로愛國의至誠을大和魂에依할것이며其顯現發揚의好機는

時外에他日에는全然求할수업는事임으로內鮮渾一로融合된大和魂에依하야

臥薪嘗膽未曾有의國難을打開하며 萬世不易의國礎를立하야 內鮮無差別한

二

312

序 文

聖旨를奉體하며非常時難에臨하야

特히 朝鮮同胞에게望홈

大抵善을勸하며惡을懲하고 賞罰을明白히함은 此元來王道의大本이오 政治文化의 眼目이라。 余가曩者에 內鮮融和를 基調로하며 東洋平和의 大精神에則하야 二千萬朝鮮同胞諸君의 湮沒된善行美談을全朝鮮部下各隊에命하야 銳意聚集케하는 一方 殆히頹廢에瀕한篤行善事를獎勵하며 內地人의朝鮮同胞에對한低級的인 優越感을反省케하야 其侮蔑的言動의徹底的排除에資하고 中心으로朝鮮同胞를理解하며 同情과尊敬으로內鮮融和에一助로하야써 明治天皇 日韓合倂의 聖旨에奉答하랴는念願에서其第一輯을編纂하야 此를內鮮各方面에配布하얏던바 其反響은意外로 好結果를招來하

一

야或은書面으로或은直接談話로써豫想外의感激을與함에　스스로欣快히生覺

하올뿐不啻라　內鮮各方面의人士가余의念願에共鳴하야熱誠잇는援護와鞭撻

을加하야深甚한感謝를表하는바이다。

現下我日本帝國은　未曾有의非常時難에遭遇하야　一時라도安逸을許할수

업는秋에際會하야잇씀은玆의贅言을不要하는바로써　去三月二十七日惶悚하

옵신　聖勅을내리사　聯盟脫退의詔書를奉拜하옵건대其一節에

今에聯盟과手를分하고　帝國의所信에從한다할지라도　固有로東亞에偏하

야友邦의誼를疎忽히함이안이고　더욱信을國際에厚히하고　大義를宇內에

顯揚함은　夙夜朕의念하는바라。

方今　列國은稀有의世變에際會하고帝國亦非常時難에遭遇한지라　是正히

擧國振張의秋라　爾臣民이여朕의意를體하야　文武互相其職分에恪循하고

衆庶各其業務에淬勵하야　嚮하는바正을履하며行하는바　中을執하야　協

戮邁進하야써此政局에處하고進하야　皇祖考의　聖猷를襄成하고普히人類

福祉에貢獻잇기를期하노라。

以上과如히宣勅하옵실뿐아니라　既히我內鮮의關係及　明治天皇의聖旨를

奉拜하야　桑槿一家의實을擧하며　年을閱하기二十有餘年　萬歲不易의提携

에依하야其親和를一層緊密히하는外에　新興滿洲國에對하야서도　隣邦帝國

臣民으로서　光榮잇는前途를　祝福하며　聖慮의　敦篤　하옵심에奉答치안

을수업다。

　茲에余는　聯盟脫退의詔書를奉拜하며　滿洲事變發生以來　朝鮮同胞의思

想及言動을　事變前에그것과　比較考察할때　該事變이朝鮮二千萬同胞를爲

하야　異常의效果를發生한事實을　特히茲에附言코저한다。

滿洲事變을側面으로觀察할때　其原因의一이分明히在滿朝鮮同胞의安危에

잇섯든것만은　否定할수업다　따라서　滿洲事變의　展開及終局이　朝鮮同

胞로하야금 日本을信賴케하느냐 又는 日本을信賴치못하게하느냐는 一大分

岐點으로되야 其當初朝鮮同胞의 事變에對한 平素그릇된認識은 其實力

을疑心하며 日本의經濟事情을 速斷하야 危懼의念을가지고잇섯쓰나 皇

軍의前進하는 곳은 無人之境을行함과 如하야 在滿同胞保護에잇서서도

萬全을期한 處置를 取하야旭日昇天의凱歌는 드듸여 滿洲國의黎明이되

고 更히國際聯盟脫退에對하야서도 有識階級의一部及民族自決主義 共産

黨系의人等은 모다 日本도 彼歐洲戰後에 獨逸과如히 孤立無援의窮地

에陷하리라는悲觀的言動을하고잇섯슴에 不拘하고 聯盟脫退의詔書에 宣

勅 하옵신『愈々信을國際에厚히하고 大義를宇內에 顯揚함』이라 하옵

心에 일으러 國威는盆々伸展하야 非常時難이라 할지라도 此를克服하며

黎明期의滿洲國을援護하고 在滿朝鮮同胞의生活을安定식히고 잇슴에鑑하

야 從來 日本에對하야 恒常民族的偏見을가지고 反抗的態度에잇든 所

四

謂獨立思想者　共産主義者의 反日思想者等도　此事變으로　心機一轉을보게

되야　翁然히　親日思想에轉向하얏다、其實例로서는部下各隊의　調査報告

에만依할지라도　一々히枚擧키難한多數이다　特히　朝鮮統治上의癌으로되

야잇뜬過激思想抱持者도　日本의　實力에驚嘆하야　只今은日本을依賴하자

日本을信仰하자　하는思念에　轉向되고　其指導者로서　頑强히抵抗하든者

까지도　自進하야莫大한國防獻金을呈하며　國防義會에加入하고　現在刑務

所에服役中인　思想主義者의太半도　思想轉向의誓言을　하는等顯著히改過

遷善을한者가저어도數萬을算하게됨은　朝鮮思想統制上으로보아　진실노歡

喜에不堪하는次第이다。

次에　余는地方巡閱之際에自進하야　朝鮮同胞諸氏와面接하며　彼此에胸

襟을　披瀝하고膝을並하야　親密히　坐談하며萬々忌憚없는抱懷를交換하야

內鮮融和上啓發에努力한바不少하나　就中特히　余의關心되는바는　朝鮮同

五

胞諸君의　徵兵制度에對한希望이다。卽朝鮮同胞諸君으로부터『吾等도同一

한　日本國民이여늘　何故로帝國臣民의三大義務中의一인　徵兵義務를課할

수가　업는가』하는異口同聲에質問을受하고　更히此에對한理由로서는『彼

滿洲事變으로因하야　帝國軍人이　滿洲曠野에서身命을賭하며　邦家를爲하

야　奮戰하고잇는데　何故로　朝鮮人만　軍人으로서　出動치못하는가　同

一한　陛下의赤子인　朝鮮同胞로서　甚한恥辱이다　一日이라도速히　此兵

役義務의實施가잇기를願한다』하는熱烈한言辭의愛國者와도面接하엿다。朝

鮮同胞諸君이　國家義務觀念에則하야　熱烈히愛國至誠을披瀝함은百回의內

鮮融和標語보다도　一條件의現實的으로함을깃쓰게　生覺하는바이다。

그러나　朝鮮에서의　徵兵制度問題는　日韓合倂以來　歷代爲政者가　한가

지로頭腦를惱殺하던重大案件이요　此에對한　解決策에對하야서는　軍部常

局으로서도　特히深甚한考慮를傾注하고잇쓰나　遺憾이나只今곳徵兵制度를

內鮮一律下에 朝鮮에 施行하기는 極히 困難한 事情에 잇서서 實行기 不可能

한 問題이다。 如斯한 事情을 余로서 朝鮮同胞에게 說明한즉 同胞諸君은 一

旦 緩急之際에 朝鮮軍人은 反旗를들며 皇軍에 抵抗하야 獨立反逆을企圖할

터이라는 危險視하는 偏見的이라고 反問하나 歷代爲政者及軍部當局에서는

決斷코 如斯한偏見은갓고잇지안이한다。 國家徵兵義務問題와帝國軍人採否

의問題와는 全然別個問題로서 現下朝鮮에는 兵役의 義務만은課하지아니하

나 帝國軍人으로서進할途는 內鮮共通으로解放된一途가잇다。 卽朝鮮同胞

에對하야서도 士官學校生徒、幼年學校生徒、工科學校生徒、陸軍飛行學校

生徒、陸軍通信學校生徒等에 志願하는 途가開放되야잇서々 現在多數의 朝

鮮出身인現役將校가大尉又는少佐로서勤務하고잇다。 萬若一部에서 國家及

軍事當局이 朝鮮同胞에對하야 反旗反逆等의 杞憂가잇다하면 朝鮮人을皇

軍樞要位置에잇는將校로採用하야슬理가萬無하다。

七

大體朝鮮人의게兵役을課치안는다는것은　其民度、生活、經濟、諸般의環

境等을깁히考慮한　當局의眞意임을　忘却하면不可한지라　現下朝鮮의實情

으로보아　萬一朝鮮의適齡靑年이徵集된다하면　二年或은三年間　그남은家

族의生活은如何히하겟는가　內地와如히　임의其義務實施의歷史잇는　先進

國에잇서々도一家의經濟狀態로보아　活動期의壯丁을兵役에徵集함을　一大

苦痛으로感하는者도잇는現狀이라　其檢査之際에徵兵을忌避하려는者도不無

한狀態이다。

朝鮮에徵兵制度를　아즉도　實施치안는다는것은　前述함과如히　全혀當

局이　朝鮮同胞에對한　親切한眞意임을　깁히鑑銘하야주기를바란다。

次에此와　附帶하야々生하는　重要問題는　內鮮間言語의相違이다、言語의

相違는　軍隊敎育을實施함에잇서々　非常한支障을惹起키易한것은　否認함

수업는事實로서　朝鮮壯丁을爲하야　特別한言語、特別한敎育을實施함과如

할은 到底히 不可能한事이다。 或은 言하되『그러면國語를完全히解하는者로만 徵兵하라』하나 國家徵兵制度의施行은 國語의通不通과如한 私情에依하야 行하는問題가안이요 國家徵兵精神에 鑑照하야보더래도 如斯한 差別的方途는絶對로許할수업는것이다 朝鮮의靑年中에는 國語를能通하는者가相當히多數이나 大部分은未熟함으로朝鮮同胞特히 靑年諸君에게 國語의普及을圖謀케한다는것은一方에잇서々 徵兵制度의實施를促進케하는 一助가될수잇씀을 余로서말하려한다。

이와갓치 兵役의實課라는것은 朝鮮同胞가 思惟함과如히 簡易한것은 안이다。 그러나 軍事當局으로서는 如斯한 義務觀念이有하다는朝鮮同胞 諸君의希望一端에副하며 漸次兵役上內鮮共通을期케爲하야爲先 朝鮮에도 志願兵制度를採用한다는事에就하야 硏究中이며 我朝鮮憲兵隊에서도 此에對한調査를進行하야 時機를鑑하야 意見을上申기로되야잇씀을諒解하야

주기를바란다。

最後로　此機會에特히　余로서衷心으로附言코져함은　此가或은一種杞憂

에屬할는지는未知이나　現下非常時難에際하야　朝鮮同胞가時局을觀察하기

를○對岸火視하야　我不關焉이라는傍觀的態度로서　何等反省함이업시　日○

本帝國에對하야尙且히　危殆한行動에出하는事가有하다하면　帝國民은斷然

히此를不許할섇不啻라　其凝結된義憤은　百鍊之鐵과如히　魂은護國의鬼로

化하야서　朝鮮及朝鮮同胞에對하야　如何한轉變事態를惹起할는지　豫測할수

업슴을覺悟치아니하면不可하다　萬一二千萬同胞諸君이　此杞憂에反하야恒

常　內鮮融和에協力一致하야大日本帝國臣民으로서　同一하게國難에臨하고

水陸何處에서死할지라도一意專心으로君國에報答하며　理解와同情과尊敬과

感謝의熱烈한念이孜孜不倦하야　同胞相愛와共存共榮의一途로邁進하며　나

만言辭的軟弱動向보다도十分誠意를披瀝하야　참으로時代趨移에　覺醒하고

一〇

の非常時を措いて他日にこれを求むる事は断じて不可能の事と信ずるが故に

内鮮の渾一融合されたる大和魂に擦り臥薪嘗膽以て未曾有の國難を打開し萬

世不易の國礎に立ち、内鮮無差別桑槿一家の完成を期さなければならぬ。斯

くてこそ　明治天皇の聖旨に奉答し　聖上陛下の宸襟を安じ奉る所以なりと

確信し平素の所懷を併せ玆に重ねて朝鮮の人々の篤行獎勵の資料ともなり、

一面内地の人々をして眞に朝鮮の人々を中心より理解同情せしむべき一助と

して、その第二輯を江湖に頒ち、相共に非常時難の好轉を念じ内鮮融和を更

に强調徹底せしめむ事を冀ふて熄まぬ次第である。

　昭和八年十一月三日

　　　　　　　　陸軍少將　岩　佐　祿　郎

はしがき

聖旨を奉體し非常時難に臨み
特に朝鮮同胞に望む

天地の善を勸め惡を懲らし賞罰を明かにするは、これ素王道の大本であり、敬神文化の眼目でもある。私は曩に内鮮融和を基調とし東洋和平の大精神に則り二千萬朝鮮同胞諸君の隠れたる善行美談を、全朝鮮部下各隊に命じ鋭意これを蒐集し……は以て動もすれば頽廢せんとする、篤行善事を獎勵し廣く美談を世に傳へ、一は以て内地人の朝鮮同胞に對する低級なる優越感を反省せしめ、その侮蔑的言動の徹底排除に資し、中心朝鮮同胞を理解し同情と尊敬とを以て内鮮相接せしむべき一助たらしめ、もつて　明治天皇日韓併合の聖旨に答へ奉らんとするの念願により、其第一輯を編纂し、これを内鮮各方

一

面に配布したる所その反響は望外の好結果を招來し或は文書に或は直接言語
に豫想外の感激を贈られ、密かに顧みて欣快とするばかりでなく内鮮各方面
の人士が私の念願に共鳴され熱誠ある援護鞭撻の賜物として深甚の感謝に堪
へぬ次第である。

　時今や我日本帝國は未曾有の非常時難に遭遇し、片時と雖も其安逸を許さ
れざるの秋に際會して居る事は、今玆に更めて私の贅言を要せぬ所で去る三
月二十七日畏くも降し給へる聯盟脱退の詔書を拜し奉るに其の一節に

今ヤ聯盟ト手ヲ分チ帝國ノ所信ニ是レ從フト雖固ヨリ東亞ニ偏シテ友邦ノ
誼ヲ疎カニスルモノニアラス愈信ヲ國際ニ厚クシ大義ヲ宇内ニ顯揚スルハ
夙夜朕カ念トスル所ナリ

方今列國ハ稀有ノ世變ニ際會シ帝國亦非常ノ時難ニ遭遇ス是レ正ニ擧國恢
張ノ秋ナリ爾臣民克ク朕カ意ヲ體シ文武互ニ其ノ職分ニ恪循シ衆庶各其ノ

業務ニ淬勵シ嚮フ所正ヲ履ミ行フ所中ヲ執リ協戮邁往以テ此ノ世局ニ處シ進ミテ皇祖考ノ聖猷ヲ翼成シ普ク人類ノ福祉ニ貢獻センコトヲ期セヨ

と宣はせ給ふのみならず既に我内鮮の關係は　明治天皇の聖旨を奉じ桑槿一家の實を擧げ年を閱する事二十有餘年萬世不易の提携により其親和を一層密にし外新興滿洲國に對しては、隣邦帝國臣民として光榮ある前途を祝福し聖慮の篤きに答へ奉らねばならない。

茲に私は聯盟脱退の詔書を拜し滿洲事變發生後に於ける、朝鮮の人々の思想及言動を事前のそれと比較考察し、該事變が朝鮮二千萬同胞の爲に異狀の效果を派生し來つた事實を特にこゝに附言したい。滿洲事變を側面より觀れ ばその原因の一は明かに在滿朝鮮同胞の安危にあつた事は否定出來ない。從て滿洲事變の展開及終局が朝鮮の人々をして日本を信賴せしむるか將た日本を賴み難しとなすかの一大分岐點となり、その當初に於て朝鮮の人々の事變に

三

332

對する平素の誤れる認識は、その實力を疑ひ日本の經濟事情を速斷し危惧の念を懷いてゐたが、皇軍の赴く所全く無人の境を行くが如く、在滿同胞の保護に至つては萬全を期するの措置に出で、旭日昇天の凱歌は遂に滿洲國の黎明となり、更に國際聯盟の脱退に對し有識層の一部及民族自決主義、共產系の人々は、軈て日本も彼の歐洲戰後に於ける獨逸の如き無援孤立の窮地に陷るであらうとの悲觀的言動を持してゐたにも拘らず、聯盟脱退の詔書に宣せられたる『愈信ヲ國際ニ篤クシ大義ヲ宇内ニ宣揚スル』に至り國威は益々伸展し、非常時難と雖も克く黎明期の滿洲國を援護し、在滿朝鮮同胞の生活を安定せしむるの擧に進みつゝあるに鑑み、從來日本に對し常に民族的偏見を抱き反抗的態度にあつた所謂獨立思想者、共產主義者等の反日思想者等はこの事變により心機の轉換を來し翕然として親日思想に轉向した其の實例は部下各隊の調査報告する所のみにても枚擧に遑なき數に上つて居る、殊に朝

四

鮮統治上の癌とされつゝあつた過激思想の抱持者も、日本の實力に驚嘆し、今や日本頼るべし、日本信ずべしとの思念に轉向しその指導者として頑強に抵抗しつゝあつた者さへ、進んで莫大の國防獻金をなし國防義會に參加し、また刑務所服役中の主義者の大牛が思想轉向の誓言を爲す等改過遷善の顯著なるもの尠くとも其の數萬餘を數ふるに至つた事は內鮮思想統制上より觀て洵に歡喜に堪へぬ次第である。

　次に私は地方巡閲の際常に求めて朝鮮の人々と接し互に胸襟を開き膝を突き合せて親しく座談し、その抱懷を聽き忌憚なき卑見をも述べ內鮮融和上啓發さるゝ所も尠くなかつたが、その內特に私の關心して措かないものに朝鮮同胞諸君の徵兵制度に對する希望がある。即ち朝鮮の人々より『吾等も等しく大和民族でありながら何故に帝國民の三大義務中の徵兵義務を果す事が出來ないのであるか』と異口同音の質問を受け、更に之が理由としては『彼の

滿洲事變の爲帝國の軍人が滿洲の野に身命を堵し邦家の爲奮戰するのに何故
朝鮮の者のみが軍人として出動出來ないのか、等しく　陛下の赤子である朝
鮮同胞として甚だしき恥辱である　一日も早くこの兵役義務を果すやうにして
欲しい』とまで極言さるゝ熱烈なる愛國者にも接したのである。朝鮮同胞諸
君が國家の義務觀念に卽し熱烈の愛國至誠を披瀝さるゝ事は、百の內鮮融和
標語よりも現實的で喜ばしく感ずる所である。

　然し乍らこの朝鮮に於ける徵兵制度の問題は、日韓併合以來歷代爲政者が
均しく頭を惱まし來つた重大案件でありこれが解決策については軍部當局と
しても特に深甚の考慮を傾注しつゝあるも遺憾乍ら今俄かに徵兵制度を內鮮
一律の下に朝鮮に施行することは極めて困難なる事情があり實行不可能な問
題である。　斯る事由を私が朝鮮の人々に說明すると同胞諸君は、一旦緩急の
場合朝鮮の軍人は反旗を飜へし、　時に皇軍に抵抗し獨立反逆を企つるであら

うとの危険視の偏見によると反問するのであるが、歴代爲政者竝に軍當局に
於ては斷じてさういふ偏見を持つてゐないのである。國家徴兵義務の問題と
帝國軍人採否の事情とは自ら別個の問題に屬し、刻下の朝鮮へは兵役の義務
こそ課せられてはゐないが帝國の軍人として進むべき道は內鮮共通に解放さ
れた一途がある。即ち朝鮮の人々に對しても士官學校生徒（將校生徒）、幼年
學校生徒、工科學校生徒、陸軍飛行學校生徒、陸軍通信學校生徒等を志願す
るの道が開かれてゐて現に多數の朝鮮出身の現役將校が大尉になり少佐とな
つて勤務してゐるのである。若し一部者の謂ふが如く國家及軍事當局が朝鮮
の人々に對し苟も反旗反逆等の杞憂を持つならば朝鮮の人を皇軍樞要の位置
にある將校に採用する筈は斷じてないのである。

　抑々朝鮮の人々に兵役を課せないといふ事は、その民度、生活、經濟、環
境等を深く考慮された當局の思ひやりから出たものである事を忘れてはなら

七

ない。

　現下朝鮮の實狀から見て萬一朝鮮の適齢青年が徴集されたならば二年或は三年の間其殘されたる家族はいかにして生活して行くことが出來るであらうか、内地の如く既に此の義務の課せられてより歴史ある先進國であつても一家の經濟狀態より、働き盛りの壯丁を兵役に徴せらるゝ事は一大苦痛とする者もある位であつてかゝる事情から今日も尚その檢査の際に於て徵兵を忌避しやうとする者が絕無とはいへないのである。

　朝鮮に徵兵制度を未だ實施されないと云ふことは先にも申述べた如く全く當局の朝鮮の人々に對する思ひやり親切心に發したものである事を深く肝に銘じて置いて貰はねばならぬ。

　次に之に附帶して起る重要なる問題は内鮮言語の相違である、言語の相違は軍隊教育を實施する上に於て非常なる支障を惹起し易いことは否むことの

出來ない事實で、朝鮮壯丁の爲に特別の言語を用ひ特別の教育を施すが如き
は到底不可能の事である。或は曰はん『然らば國語を完全に解する者のみを
徴兵せよ』とさりながら國家徴兵制度の施行は國語通否といふが如き偏左的
都合主義に據つて行はる〻問題でなく、また國家徴兵の精神よりするも斯か
る差別的方途は絶對に許されない。朝鮮の青年中には國語を能くする者が相
當の多數に上つてゐるがその大部は未熟である、故に朝鮮の人々、特に青年
諸君に國語の普及を圖るといふことは一面に於て徴兵制度の實施を促進せし
むる一助ともなり得るのであると私は説明してゐる。

斯の如く兵役の實課といふものは、朝鮮の人々の思惟さる〻が如く、しか
く簡易なものではない。然し軍事當局としては斯かる義務觀念に燃ゆる朝鮮
同胞諸君の希望の一端にも添ひ、逐次兵役上の内鮮共通を期する爲、先づ朝
鮮にも志願兵制度を採用せんとの議に就て研究せられ我朝鮮憲兵隊に於ても

九

326

之が調査を進め時機を見て其筋に意見上申すべき運になつてゐる事を承知して置かれたい。

最後にこの機會に於て特に私が衷心より附言しなければならぬ事は、或はこれが一種の杞憂に屬するかも知れないが、現時の非常時難に際し朝鮮の人々が、時局を觀る事若しこれを對岸の火災視し、我關せずの傍觀的態度を持し、何等省る所なく日本帝國に對し苟も危殆の動向に出るやうな事があるならば帝國民は斷じて之を許さないのみならず、その義憤は凝つて百錬の鐵となり魂は護國の鬼と化し朝鮮及朝鮮の人々に對しいかなる轉變事態を惹起すやも測り難いといふ事を覺悟されなければならぬ。この杞憂に反して二千萬同胞諸君が、恒に內鮮融和協力一致大日本帝國臣民として等しく國難に臨み、海行かば水づく屍山行かば草むす屍となりて君國に報じ、理解と同情と尊敬と感謝に燃え孜々として倦む日なく同胞相愛共存共榮の一途に邁進し、單な

一〇

る内鮮融和の言辭的軟弱動向でなく十分なる誠意を披瀝し眞に時代の趨勢に目覺め、飽くまで日本帝國臣民としての節度を保ち舉措言動共に何等變る所なき内鮮一體の成果を現はすに到つたならば、從來動もすれば行はれ勝ちであつた内地人の朝鮮同胞諸君に對する感情の疎隔も一掃され、諸種の誤解より生じ來つた侮蔑言動、低級なる優越感念も除去され、期せずして内鮮和樂、理解抱擁の理想郷を實現するに至り、不知不識の間に二千萬同胞諸君の發露する赤心は内地人を覺醒せしめ、一糸亂れざる大和民族の覇權を天下に稱する事が出來るのである。

以上述ぶる所を顧みて惟ふに、現下日本帝國は建國以來未曾有の非常時難に遭遇し瞬時の苟安を許さず、舉國々難の打開に直面しつゝあるは改めて贅言を要しないが、吾等の朝鮮及朝鮮同胞を思ふの念は内鮮の打つて一丸とされたる愛國至誠の大和魂に待たなければならず、その顯現發揚の好機は刻下

朝鮮軍司令官川島義之閣下題字

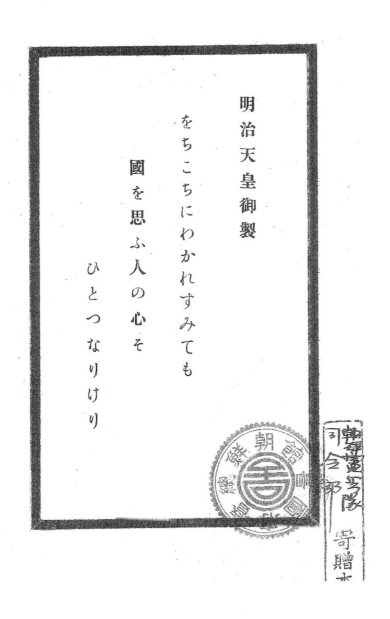

明治天皇御製

をちこちにわかれすみても

國を思ふ人の心そ

ひとつなりけり

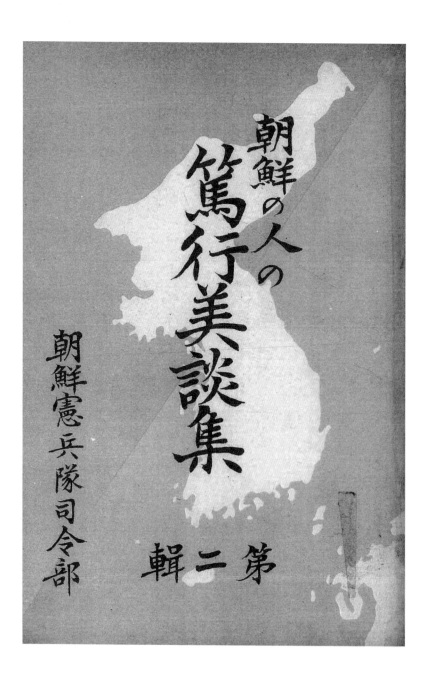

朝鮮の人の
篤行美談集
第二輯

朝鮮憲兵隊司令部